目次

国土交通省鎮守指導係

天崎

【1】タワマンの金魚池

黒い水が溜まっていく。

真っ白なカップの中に、ぽたり、ぽたりと、黒い水が落ちて溜まっていく。

一滴、一滴の積み重ねが、黒い水位を上げていく。

ぽたり、ぽたり。落水は止まらない。止まらないから、いずれ、必ず零《こぼ》れる。

ほどなく、カップはいっぱいになってしまった。黒い水はカップの縁を越える。

真っ白なカップに黒い筋を作り、銀色の作業台に広がっていく。

「……あっ」

津々楽《つづら》はわずかに目を見開き、急激に正気に戻った。

慌てて手に持っていた電気ケトルを充電器に置き、吊り戸棚の上に設置したキッチンペーパーを数枚抜き取る。独り暮らし用マンションのキッチンには、珈琲《コーヒー》の匂《にお》いが満ち満ちていた。目の前にあるのは黒い水なんかじゃない。珈琲でたぷたぷになったマグカップと、そこに浮かぶドリップパック。

「お湯入れすぎだ、バカ」

口の中でつぶやき、作業台に零れた珈琲をキッチンペーパーで拭う。

熱がペーパーを貫通し、指先に刺すような痛みを感じた。

「あちちち」

ペーパーじゃダメだ。冷静ならすぐわかるはずなのに、またぼうっとしていたらしい。

津々楽は何度か小さく首を横に振る。

「しゃっきりしろ、動け」

口の中で自分に言い聞かせる。シンクの三角コーナーにドリップパックごと中身を捨てると、スウェットのポケットでスマートホンが振動しているのがわかった。

珈琲に染まったキッチンペーパーを蓋《ふた》付きのゴミ箱に放り込み、スマホを引っ張り出してリビングダイニングに戻る。割れたガラスフィルムの向こうに通知が浮かんでいた。

『大丈夫か?』

それだけのメッセージ。

津々楽はスマホを起動する。メッセージアプリには大量の未読が溜まっているが、大丈夫、大丈夫。これでも必要なところだけは毎日触っている。大量の未読は、大丈夫か、のメッセージに答えていないだけだ。

だから、もう、大丈夫。

必要な操作を終えてスマホをポケットに戻し、部屋の隅の姿見を見つめた。

くしゃくしゃの髪の下に、隈《くま》のある顔が見える。

元々目が大きくて彫りが深いから、どうしても隈が目立ってしまう。

以前は童顔と言われたものだけれど、今の津々楽は一年前より五歳は老《ふ》けたと思う。肌も、表情も、明らかに荒れている。

「でも、大丈夫だよな？」

津々楽は鏡の中に囁《ささや》きかける。

一年前から、何もかも変えた。住む場所も。普段の習慣も。生活のすべてを。そして今日から職場も変わる。津々楽は国土交通省の水管理・国土保全局に所属する。以前とはまったく違う場所だ。

だから、変われる。新しい自分になれる。

（新しい自分に、なれ）

カーテンの隙間《すきま》から陽光が差し込む荒れた部屋の中で、津々楽は鏡を見ている。鏡に映った自分の顔をそうっと撫《な》でて、ぎこちなく笑う。

◇

津々楽が所属することとなった国土交通省は、日本の省庁のひとつである。

役割は『国土の総合的かつ体系的な利用、開発および保全、そのための社会資本の整合的な整備、交通政策の推進、気象業務の発展並びに海上の安全および治安の確保などを担う官庁です』となっている。現在の形になったのは二〇〇一年一月、北海道《ほっかいどう》開発庁、国土庁、運輸省および建設省、以上四つの省庁を母体として設置された。

所在は東京都《とうきょうと》千代田区《ちよだく》霞《かすみ》が関《せき》、中央合同庁舎第三号館。

津々楽相次《つづらそうじ》が今日から勤務するのは、分館のある二号館。

その、はずだったのだが。

「あ、このフロアじゃないですね」

「えっ。でも、水管理・国土保全局はここですよね」

「はい。でも、あなたはこのフロアじゃないです」

「……じゃあ、どこなんでしょう？」

津々楽は曖昧《あいまい》に微笑《ほほえ》んで首をかしげる。

寝起きの状態からシャワーを浴び、髪を整え、あまりにも酷い隈に軽い化粧を施した結果、津々楽相次の容貌《ようぼう》は一年前の最盛期に多少は近づいている。

一年前の最盛期。

すなわち、仕事やプライベートで出会った女性たちにひっきりなしになんらかのアプローチを受け、仕事に支障を来し、男性から激しい嫉妬《しっと》を向けられ、未婚にもかかわらず結婚指輪もどきをつけずにはおられなかったころだ。

『ものすごく高価な、毛足の長い大型犬』。

当時の津々楽を評した、もっとも的《まと》を射《い》た表現が、これであった。

今日も津々楽は前髪長めのくせっ毛をふわふわさせて、水管理・国土保全局の女性職員の前にたたずんでいる。女性職員はちらと津々楽を見上げてから、下を指さす。

「下」

「下？」

「あなたの職場。地下です」

「地下。地下の、どこですか？」

「倉庫ありますから」

女性は素っ気なく言い、自分の仕事に戻りたいそぶりを見せる。

が、ここで放り出されてはすぐに迷子だ。津々楽はどうにか食らいついた。

「倉庫の、近く？」

「中です」

「それは、倉庫なんじゃ……」

倉庫の、中。

一応声をかけてみたが、もう相手にしてもらえない。

デスクに戻っていく女性職員を見送って、津々楽は肩を落とした。

(からかわれてるって雰囲気でもないし……行ってみるしかないな)

確かに配属先を聞いたとき、初めて聞く部署だなとは思ったのだ。ホームページに載《の》っているわけでもないし、ちらりと実存を疑ったこともある。

が、引っ張ってくれた係長に問い合わせたところ、筑波《つくば》の研究所から派生した分室のようなもので、最初は臨時の設置だったが歴史は長いのだと丁寧な電話での回答が来たため、津々楽はそのまま呑《の》み込んでしまった。

階段で合同庁舎の地下まで下りていくと、長い廊下の左右にずらりと会議室が並んでいる。行き交う人々は皆早足で、何かを質問するような雰囲気ではない。

津々楽は左右をきょろつきながら廊下の果てまで歩き、足を止めた。

「ここ……?」

女性職員に言われた倉庫は、確かにあった。

国土交通省倉庫、と書かれたプレートを眺め、津々楽は鉄扉をノックする。

「すみません。失礼します」

一応声をかけ、うっすらと扉を開ける。

そこに広がっていた光景は――プレートどおりの、倉庫だ。

首をひねる津々楽の後ろを、「失礼します、だって」「丁寧でいいじゃない」などと会話しながら笑い交じりの職員が通り過ぎる。確かに、倉庫を開けるときにノックをする人間は丁寧すぎるかもしれない。

「やっぱり、だまされたかな……」

つぶやきつつ、それでも津々楽は倉庫の中に入ってみた。

捜し物の基本はしらみ潰《つぶ》しだ。一ヶ所ごとにしっかりと調べ、「ここにはない」と確信してから次に行く。そうしないかぎり、捜す者は何度も何度も同じ場所をぐるぐるするはめになってしまう。所属先の部屋を捜すときも、やり方は同じ。

心根に染みついた習慣に基づき、津々楽は埃《ほこり》っぽい倉庫を歩いていった。左右にびっしりとスチールラックが並び、そこにありとあらゆる書類や備品が埃をかぶったまま押し込まれている。

国土交通省の仕事は多岐《たき》にわたる。都市計画にダムの建設、保全、道路網の構築と維持、空き家対策や住宅性能の向上、海運、鉄道、航空。この国のハード部分のほとんどを網羅する省といっていい。よって、倉庫に収められているものも実に雑多だった。

（とはいえ、やっぱりただの倉庫みたいだ）

もう一度受付に戻って配属場所を聞いてみるべきだろうか——と思った、そのとき。

つん、と髪の一筋を引っ張られたような感覚があった。

(誰か、いる?)

はっとして振り向くが、人影はない。

人影はないが、気になるものはあった。

スチールラックに半分隠れた、扉。

「こんなとこに……」

津々楽は軽く目を見開き、扉に駆け寄る。

素っ気ない質感の鉄扉には、一枚のプレートが貼り付けてあった。

『鎮守指導係《ちんじゅしどうがかり》』。

(ここだ!)

ぱっと目の前が明るくなった気がして、津々楽は扉をノックする。

「失礼します!」

「……どぉぞぉ」

しばらくの間を置いて、間延びした声が届いてきた。

やはりここで合っていた。なんだかとんでもないところだが、さっきの女性職員は嘘《うそ》を言っていなかった。国交省の倉庫の中。今日からここが津々楽の職場だ。

冷たいドアノブを回して、津々楽はゆっくりと部屋に入っていく。

天井で煌々《こうこう》と輝くＬＥＤ照明が、だだっ広い空間を照らしていた。

（広い。それと……物が多い）

最初の印象は、それに尽きる。

倉庫の中にある職場は、ここもまたひとつの倉庫に見えた。

手前よりもさらに大きなスペースに、所狭しとスチールラックやスライド書架が並んでいる。そこに置かれた、物、物、物。うっすら黴《かび》の匂いが漂う中、いくつか並んだ事務用デスクから白衣の男が立ち上がった。

「いらっしゃーい、待ってたよ」

「あの、僕」

「新人さんでしょ。今日からの」

手をひらひらさせながら近づいてきたのは、もしゃもしゃの黒髪に口ひげ、さらに黒縁眼鏡をかけた年齢不詳の男だ。ひげは注意されないのかな、と思いつつ、津々楽はそのひとの顔を前髪の下からじっと見つめる。

「はい……多分」

「多分って！　面白いなあ。僕はここの倉庫番してます。神矢良樹《かみやよしき》です」

目尻に皺《しわ》を寄せて笑い、神矢と名乗った男が手を出す。白衣の下からはみ出たシャツのカフスは少々汚れ気味で、手の皮膚《ひふ》は荒れている。

(首の皺からして三十代後半、試薬を日々使っているかのような皮膚の荒れ、独身。研究所勤務みたいな感じだ。筑波の研究所から来てるひとかな)

習い性で相手を分析しながら、津々楽は人好きのする笑みを浮かべた。

「津々楽相次です。よろしくお願いします」

「よろしく。さっそく色々説明したいんだけど、係長も君の相棒も、留守なんだよ」

神矢は、ぎゅっぎゅっと津々楽の手を握ってから、残念そうな声を出す。

「係長と、相棒、ですか」

相棒。その言葉は、津々楽の奥深くのじっとりと暗いところを刺激する。

神矢はそんなことは夢にも思わないのだろう、へらへらと話を続けた。

「そ、そそそ。今、うち、メインで現場に行って動けるのってひとりだけでさあ。それじゃ色々支障が出るでしょ？　困っちゃって。で、そのひとりに相棒をつけようと増員かけたの。それが君」

「そうだったんですか」

中身のない返事をしながら、津々楽はここに配属になった経緯を思い出していた。

一年前のとある事件のあと、津々楽は心と体調を著しく崩してしまった。結果、前職から離れるように言われ、当時はずいぶんと絶望したものだ。前職は子供のころから夢にみていた職業だったし、他に適職があるとも思っていなかった。

『他に君を欲しいと言ってるところがある。国交省だ』

離職を勧めてきた元上司にそう告げられたときも、まったくピンとこなかった。

国交省が何をやっているかはざっくり把握していたが、自分がそこで何をやるのか、どんな適性があるのか、想像もつかない。それでも申し出を断らなかったのは、元上司への恩返しと、前職から離れる動機になると思ったからだ。

執着した場所から離れるには、どんなものでもいい、呼び声が必要だった。

(それにしても、ここまで人手不足の部署って、一体)

国土交通省鎮守指導係。具体的な業務内容は現場で指示を受けるようにと言われて来たが、相棒不在とは拍子抜けだ。自称倉庫番の神矢も、すでにふらふらと棚の間を歩き始めてしまっている。

「いやー、それにしても、せっかくの増員なのになあ。あのひといつ帰ってくるんだろ」

「あのひとって、僕の相棒です？」

棚の陰に隠れてしまった神矢に、津々楽は控えめに声をかけた。

返事はのんびりとマイペースだ。

「そう。相棒さんは都内だけど帰りの予定が不明。ちなみに係長は出張で、一週間後まで確実に帰ってきません」

「都内なのに、予定が立たないんですか?」

出張ならまだわかるが、自分の相棒は一体何をしているのだろう。淡い不安に襲われながら聞くと、神矢はごそごそと棚を漁《あさ》る音を立てた。

「相棒さんねえ、ずっとひとりで活動してるから、事故だ、災害だーっていうと飛び出してって、全然帰ってこない癖がついてるんだよね。困ったよねえ」

「事故や災害……」

(思ったより、危険が伴う部署なのか? ここ)

津々楽は立ち尽くしたまま、なんとはなしに自分の爪をいじり回す。不安が徐々に溜まっていくのを感じた。そこへ、やっと神矢が茶筒をふたつ持って帰ってくる。

「まあ、そんな硬くならずに。そのへんに座っててよ、お茶淹《い》れるから」

「あ、はい……。ありがとうございます」

「なんだかわかんないけど気分がよくなるお茶と、普通のお茶なら、どっちがいい?」

「……普通のお茶で」

「だよねえ? 賢い選択!」

神矢は軽い調子で言い、倉庫の隅のステンレス製流し台のほうへ歩いていった。

津々楽はデスクの島を見渡し、どこに座るかを考える。

四つあるデスクのひとつは資料がうずたかく積み上がり、その上にノートパソコンが載っている。まだ中身の残ったマグカップがあることからして、神矢のデスクだろう。

もうひとつのデスクは使われている形跡があるが、恐ろしく整頓されている。

お菓子の空き缶を使ったペン入れがぽんと置かれており、きっちり削った鉛筆とボールペンが入っていた。

(こっちが、僕の相棒のデスクかな)

きちんとしているのは何よりだけれど、今時鉛筆愛用というのも珍しい。

津々楽はその横の空っぽのデスクに着いて、隣のお菓子缶を見つめながら神矢に声をかけた。

「あの。僕の相棒さんって」

「天崎志津也《あまさきしづや》、だよ。名前は聞いてるよね？」

「はい。かなり、ご年配だと聞いています」

「うん。そうだねえ。定年過ぎてるから、嘱託《しょくたく》として来てる。ベテランだよ〜。とっても可愛いお爺ちゃん」

楽しげに言い、神矢はトレイを持って帰ってきた。

倉庫の中なんていうシチュエーションなのにトレイは漆塗《うるしぬ》りだし、載っているのは客用の蓋付きお茶碗だった。なんとなくセレクトがお爺ちゃんっぽい。

おそらくは自分の相棒、天崎の趣味ではないか。

（具体的な年齢は聞いてなかったけど、この感じ……思ったよりお年寄りかもな）

目の前に置かれた茶碗を見つめて言う。

「そんな方がひとりで飛び回る、というのは、お体に負担じゃありませんか？」

「だから増員、ってこと。いや～、改めて、津々楽くんが来てくれてよかったよ。ぴちぴちしてるもんね」

神矢はにや、と笑って言い、自分のデスクに積まれた書類の上へトレイを置いた。

津々楽は茶を一口飲んだあと、神矢を見上げた。

「……もし、可能なら、天崎さんの今日の現場を教えてくださいませんか」

「お。行くの？」

やっと言いだしたか、とでも言いたげな神矢に、津々楽は深くうなずきかける。

「はい。まだ右も左もわかりませんが、ひとり人手があるだけでも、多少の手助けにはなると思います。僕、それなりに鍛えてますし」

「頼もしいねえ。さすが元警察官」

警察という言葉は、未だに少しだけ胸に刺さった。

が、離職から一年、傷ついたところを見せずにいることくらいはできる。

幸い神矢もそれ以上津々楽の前歴を掘り返すようなことはせず、またスチールラックのほうへ戻っていく。

「天崎さんがついてれば、危ないことにはならないと思うけど……」

彼は熱心に棚を探り、ひとつの桐箱《きりばこ》を持って帰ってきた。

「もしものときはこれを使って」

長辺が二十センチほどだろうか。差し出された箱は茶色く変色しており、真新しい赤い紐《ひも》で結ばれている。見た感じ、紐以外は大分古いもののようだった。

「これって？」

渡されるままに受け取ると、ずん、と、思ったよりも重さが手首に来る。

慌てて指に力を込めると、なんとなく妙な感覚が伝わってきた。

なんだろう、手が箱に吸い付くような、箱に溶けていってしまうような、そんな感覚といえばいいのだろうか。

津々楽が怪訝《けげん》な顔になるのを興味深そうにうかがい、神矢はにっこり笑う。

「うちの備品。使い方は天崎さんが知ってるよ。ってことで、いってらっしゃい！」

◇

地下鉄から初めての現場に向かうには、やたらと壮大なエスカレーターを使う必要があった。円柱状のトンネルから出ていくエスカレーターに乗るのは、まるで井戸の底から引き上げられるような感覚だ。

(なんだか、水っぽいな)

そう感じてから、津々楽は違和感を覚える。

水っぽい、というのはどういうことだろう。初夏という季節柄、東京の空気が湿気《しけ》っているのは当然だ。だが、そんな当然の感覚ではなかったのだ。さっきからぬるい水がひしひしと全身に押し寄せてくるような、嫌な感じがある。

(……ちょっと、呼吸が乱れそうだ)

水の中にいるような気分になると、息苦しさも覚えてしまう。人間というのはそういうふうにできている。米軍の実験で、腕を温めるイメージを持つと実際にその部分の体温が上がった、という記事を読んだ記憶がある。

人はいいイメージにも悪いイメージにも引きずられる生き物だ。

(引きずられないようにしないと。ここは地上だ。水なんかない……)

自分に言い聞かせているうちにエスカレーターが途切れ、津々楽は緑あふれる地上に吐《は》き出される。そこはクリーム色の石を張った広場で、整った街路樹の間には現代美術の彫刻が顔を出し、ところどころに芸術的なベンチが置かれた場所だった。

ほっと一息ついて、ぎっちり締めたネクタイを摑《つか》み、少し緩める。

品のいいグレースーツに青系のネクタイ、背中にビジネスリュック。いかにも爽《さわ》やかな容貌もあって、津々楽の姿は周囲に完璧に溶け込んでいる。

ここは港区《みなとく》の再開発地域だ。派手な商業施設とタワーマンション、文化施設がひとところに集められた話題の一角、港区タワー&ヒルズ。津々楽も何度かニュースで観たが、実際に来るのは初めてだ。

(思ったより広いな。相棒のお爺ちゃん、どこだろう)

出がけに、神矢から相棒の名刺は預かっている。そこには携帯番号も記されていたから、あらかじめ番号だけは自分のスマホに入れておいた。最初の挨拶《あいさつ》が通話というのは失礼かもしれないが、今はかける他ないかもしれない。

津々楽はヒルズの広場で、相棒の番号をタッチする。

――が、これが一向に繋《つな》がらなかった。電波が届かないというのだ。

(こんな都会の真ん中で？　天崎さん、地下にいるのかな)

不思議に思うが、ぼうっとしていても正解はわからない。

津々楽はひとまず歩きだすことにした。

タワー&ヒルズはどことなくアミューズメントパークを思い出させる造りだ。人工の峡谷のような壁が張り巡らされ、その間を石畳の道が蛇行しながら続く。その道なりに歩いていくだけで、各種施設になんとなくたどり着いてしまう。

(逆に、目的の場所にまっすぐ行くのは難しそうだ。事件のときとか、すぐに駆けつけら

れるんだろうか）

そんなことを考えながら、津々楽は一番メインであろう商業施設に入った。施設内もやたらと天井が高く、天窓からはさんさんと日の光が落ちてくる。そして、どこかで水の流れる音がする。どうやら人工の滝があるらしい。さっきの息苦しさを少しばかり思い出しながら、津々楽は息を整える。

周囲を眺め、下りエスカレーターを見つけた。

（地下は、飲食街）

一応確認するか、とエスカレーターに乗る。ごんごんごん、と、鈍い響きを立てながら、エスカレーターは津々楽を地下へ運んでいった。

ゆっくりと呼吸をする。ごぽり、と、目の前に泡が立つ。

（え）

目を瞠《みは》ったときには、もう遅かった。

辺りが水になっている。

津々楽はエスカレーターに乗ったまま、薄暗い水の中にいる。視界がひどく不鮮明だ。商業施設の地下一階がたゆたう水に満たされて、店の看板が亡霊みたいにちらついている。肌には生ぬるい水の感触がまとわりつき、鼻に苔《こけ》臭さがこびりつく。

とっさに、ひゅっ、と息を吸った。

鼻から、口から、どっと水が入ってくる。

「あ……」

まずい、と思って手で口を覆ったが、遅かった。

息ができない。

エスカレーターが終わり、がつん、と足が引っかかる。

倒れる寸前で、どうにか降りた。しかし、数歩歩いたところで膝《ひざ》をついてしまう。

苦しい。苦しい。苦しい。気持ちが、悪い。水だ。水の中から出られない。ぬるついた水で、こぽこぽと肺が満たされていく。目の前が揺れる、揺れる。

気のせいだと思うには、あまりにも感覚がリアルだった。

(出なきゃ、水の中から)

もう、それしか考えられない。

眼球だけで上を見る。水面は、はるか頭上だ。

どうやったらあそこに行けるのかわからない。這《は》い上がろうと片手を上げる。そんなことでは、まったく届かない。ここは自分のいるところではない。

地上へ。地上へ行かなくては。

もう少しだけ手を伸ばしたら、どうにか――。

そう思ったとき、伸ばした手の先を巨大な影がよぎった。

ひらひらと尾をひらめかせながら横切る、真っ黒な影。

(魚……?)

巨大な魚影に目を奪われている間に、思考が段々と鈍ってくる。息ができていないせいだ。酸素が足りない。頭が徐々に白くなる。意識が遠のく。

ぐらり、体が揺らいで……。

――ばしゃん。

「っ……!?」

灼《や》けるように熱いものが顔にかかり、津々楽は息を呑んだ。

続いて肩を摑まれ、至近距離で怒鳴られる。

「おい、しゃっきりせんか!」

「え……?　あ、すみま、せ……ん」

とっさに答えてから、

(息が、できる)

と、気づいた。

何度か瞬きをして、目をこらす。気づけば辺りの薄闇は晴れており、目の焦点も徐々に定まった。身の回りにひしひしと迫っていた水の感触はすっかりなくなっていた。

吹き抜けの向こうから日の光が差し込んでいる。

ここは、乾いている。

ただの商業施設の地下一階だ。

津々楽はゆっくりと呼吸をし、目の前に立つ人を見つめた。

自分より大分背は低い。真っ白な顔の上で、銀縁眼鏡が静かに光っている。

レンズの奥から自分を見上げてくる瞳は、ぎょっとするほど黒かった。

「俺が見えるか？」

黒い瞳の持ち主に詰問《きつもん》され、津々楽は戸惑いながらうなずく。

「は、い……」

「よし。呼吸もできるな？」

「あ……いちおう、できるようになりました」

「そりゃあよかった。気をつけろよ。おまえはここに向いてない。出口まで連れていってやるから、とっとと帰って風呂入って寝ろ。仕事なんざ休め。命あっての物種だからな。いいか？」

一気にまくしたてられながら、津々楽はおそるおそる聞いた。

「あの、失礼ですが」

「おう。どんな失礼だ？」

「学生さん……だよね？」

津々楽の問いを受けて、相手は器用に片眉《かたまゆ》だけを上げた。

まばゆい白シャツに、紺色のズボン。少々アンバランスに長い、痩《や》せた手足。全体的にぎくしゃくとした痩身は、どう見ても十代後半のものだった。

彼は、不安になるくらい繊細な吊り目を細めて、津々楽をねめつける。

「はあ?」

「い、いや、はぁ? じゃなくて。学校は? それに……いてて」

さっき彼にかけられたものがじわりと目に入り、津々楽は何度か目をぱちぱちさせる。

大きめな手で顔を拭い、改めて匂いを嗅《か》いで、難しい顔になった。

「僕にかけたこれ、お酒みたいだけど」

「まあな。おまえにかけるにはもったいないくらい、いい酒だ」

学生らしき男は、華奢《きゃしゃ》な肩をすくめる。その手には空のぐい飲みがあった。そこに入っていた酒をかけられたのだろう、と思うと、津々楽は徐々に混乱から立ち直り始めた。

色々と奇妙なことはあったが、それはそれ。

目の前にいるのは非行少年だ。大人の立場として言うべきことがある。

「どこから持ってきたの? 住んでるのはここの近く?」

津々楽が、形よい眉根をぎゅっと寄せて問う。

相手は面倒くさそうな顔になって、ズボンのポケットにぐい飲みを押し込んだ。

「なんだなんだ。可愛い顔して、その筋みたいに喋《しゃべ》るじゃないか」

「ごまかさない。この国では、お酒は二十歳から——」

「あー！」

急に素《す》っ頓狂《とんきょう》な声を出され、津々楽はますます顔をしかめた。

「何」

相手は気にせず、目をきらめかせて津々楽を指さす。

「警察上がりの相棒！　おまえか！」

「えっ……」

いきなりの言葉に、津々楽は言葉を失った。

そうしている間に、相手は津々楽の手を握ってぶんぶん振り回してくる。

「霊感が強そうだったからなあ、一瞬そうかと疑いはしたんだ。そうかそうか、おまえが津々楽か。初めましてだな！」

名前まで呼ばれてしまえば、彼が赤の他人ではないのは明らかだ。

しかし、誰だ。こんな年ごろの学生に知り合いなんかいただろうか。

怪訝な顔のまま、津々楽は尋ねる。

「なんで名前を知ってるんだ？　相棒って……ひょっとして、天崎さんの関係者？」

「関係も何も、俺が天崎。おまえの相棒、天崎志津也だ！」

目の前の男は、輝かんばかりの笑顔で言った。

津々楽はぽかんとして、もう一度まじまじと目の前の男を見る。

やはり、どう見ても学生だった。

自分の相棒の天崎は、嘱託の老人だったはず。

「え……？　孫とか……？」

控えめに聞くと、天崎は派手に笑って背中を叩《たた》いてくる。

「あははは、いい間抜けヅラだなあ！　係長に何も聞いてないのか？　だったらしょうがないな。どうだ？　お近づきに一杯」

そう言って指さしたのは、地下一階に並ぶ店の一軒。昼間から開いている居酒屋のようだ。ひょっとしたら、ぐい飲みと酒の出所はあそこなのかもしれない。

津々楽はまだまだ戸惑って、店と天崎を交互に見やる。

「昼間だし、仕事中だ。っていうか、えっ、天崎さん？　何歳？」

「少なくとも成人はしてる」

（どこが）

津々楽はまだまだ疑いのまなざしを向けることしかできない。

そんな彼を見上げてにやりと笑うと、天崎は居酒屋のほうを振り返った。

「そうだよな？」

気づけば居酒屋の出入り口に老人たちが溜まって、こちらを見ている。彼らは天崎に声をかけられると、口々に声を上げた。

「もちろん！」

「天崎さんは、飲み仲間！」

「仲間って……ええええっ……？」

わからない。何がどうなっているのか、さっぱりだ。

居酒屋と天崎を見比べて、津々楽は途方に暮れてしまった。そこへ居酒屋の主人が駆け出してきて、作業用ジャケットを天崎の肩にかけてやる。

「ほら、これ。天崎さん、やっぱり上着は着といたほうがいいですって。見た目若すぎるんですから」

「飲んでると暑いんだよ。まあでも、相棒が納得しねえんじゃ、しょうがねえなあ」

天崎はきれいな顔でぶすくれて、上着に腕を通した。

青色の作業用ジャケットには、はっきりと国土交通省の文字が印刷してある。

「どうだ、似合うか？」

ジャケットを着て自分に親指を向けた天崎は、確かに少しだけ学生っぽくはなくなった。

が、だからといって役人っぽいわけでもない。

途方に暮れた津々楽は、正直な感想を吐いた。

「ど、どうなんだ……？　わからない……」

「ははっ、正直で何より！　とりあえずよろしくな、相棒！」

◇

「えっ。じゃあ、本当に、あれが、天崎さん⁉」

商業施設のトイレで、津々楽はこそこそと電話をかけている。

相手は神矢だ。彼はあっけらかんとした声を出した。

『ごめんね、びっくりした？　ずいぶん若く見えるでしょう〜』

「若く見えるっていうレベルじゃないですよ。嘱託の、お爺ちゃんなんでしょう？　どう見てもお孫さんの年代なんですけど！」

『くわしくは、いずれ話すよ。とりあえず、現場をよろしくね！』

「いずれって、ちょ、待ってください神矢さん……！」

引き留めるものの、通話は切れてしまう。

津々楽は長いため息をついて肩を落とし、改めて手を洗ってトイレを出た。

辺りを見渡すと、天崎は少し離れたところでズボンのポケットに両手を突っ込み、宙を見つめて何やら考え込んでいる様子だ。

（とりあえず、本物だとは言われたけど……どういうことなんだ）

　あまりにも常識外れなことが起こりすぎていて、津々楽の頭はぱんぱんだった。とはいえ自分から現場に行くと言ったのだから、ここで尻尾を巻いて帰るのも気が引ける。

　津々楽が歩み寄ると、天崎はすぐに振り向いてにっこり笑った。

「よし、じゃ、行くか」

「行くって、その、どこ……どちらに、でしょう」

　口調に困った結果、津々楽は敬語を選んでしまう。相手が年下だろうとなんだろうと、目上ならば敬語を使う。そういう訓練はされてきた。天崎が何歳なのかはまったくの闇の中だが、職場の先輩なことだけは確かだ。ならば下手《したて》に出るのが筋だろう。

　津々楽は、そんなふうに考える人間だった。

「事案の起こってる現場だな。津々楽は、うちの仕事について何を聞いてる？」

　天崎は先に立って歩きだしながら問う。

　津々楽は大股で追いすがり、口ごもりながら答えた。

「ほとんど、何も知らないに等しいです。国交省が僕を欲しがっていると聞いて。前職を辞した理由の、この、幻覚というか……妄想というか……」

「あー、霊感な？」

「れ、霊感。はい。僕の霊感が、役立つ部署だと聞きまして」

　二人は一度商業施設を出ると、タワーマンションのほうへと進む。天崎は作業ジャケットの胸ポケットからカードを取り出してロックを解除すると、どんどん中へと進んでいった。

「ふーん。役立つと言われたから来たのか。わんこだな～」

「わんこ？　僕がですか？」

「悪い意味じゃない。可愛いよ」

「はあ……」

（可愛い、かあ。見た目はそっちのほうが大分可愛いけど……。まあ、天崎さんは犬というより、猫系のひとだな）

　しなやかな動きと、気まぐれな気配。真っ黒でさらりとした髪を見下ろしていると、気ままな黒猫の姿を想起する。天崎は自分たちのような一般公務員にはまったく手の届かなそうな高級マンションを、我が物顔で歩いていく。

　まっすぐにエレベーターの籠《かご》に入り、津々楽とふたりきりになったところで、怒濤《どとう》のように喋りだした。

「まずは手短に説明する。国土交通省はハード面から暮らしやすい国を目指していく省庁だ。都市を計画し、交通を整備し、空き家対策なんかもする。災害時には復旧のために派遣されることもある。ここまではわかるか？」

「はい。一応勉強してきました」

「よろしい。で、ここで視点を変える。今生きている人間にとって住みやすい国を作るというのは、人間以前にここにいたものたちにとっては、大いなる破壊、という場合だってある。……これはどうだ？」

（人間以前にここにいた者たち）

恐竜とか？　という突飛な発想が脳をよぎったが、おそらく天崎が言いたいのはそういうことではないだろう。開発の際に伐採される植物や、地形が変わることで追い出されていく動物、水質汚染で死んでいく魚、そういう話だと思う。

「わかる気がします。環境破壊、という話でしょうか？」

念のため口に出すと、天崎は浅くうなずいた。

「大体合ってる。俺たちは山を切り開き、土をアスファルトで固め、谷をゴミや水で埋める。その際に多くの生き物に影響を与える。で、その生き物ってのは、目に見えるものばかりじゃない。——なんだと思う？　目に見えない生き物」

「ええと、目に見えない……。あ、細菌とか」

津々楽が答えると、天崎がいたずらっぽい視線を送り込んでくる。

「神だよ」

「神⁉」

津々楽は思わずオウム返しした。

天崎は喉《のど》の奥でころころと笑い、津々楽に向き直ってたたみかける。

「そう。この国の神と言ったら、どんなものを思い出す?」

「はあ。天照大神《あまてらすおおみかみ》、とか……?」

「正しいが、的外れだ」

天崎は津々楽をびしっと指さし、にこやかに続けた。

「俺は、宗教というものは大まかに二種類に分けられると思っている。ひとつは国家が政治や外交のために定める宗教。もうひとつが、民が日々を生きるために祈りを捧げる宗教だ。津々楽の言う天照大神などの名のある神を祀《まつ》る神道は、国家の宗教だ。政治的な理由で選ばれ、作り上げられた。こいつは今ももちろん生きていて、関係する事案は神社本庁《じんじゃほんちょう》の管轄になる。ただし俺たちは国交省だからな。関わるのはそこじゃなく、民の宗教のほうになる」

立て板に水の勢いで流れてくる説明に、津々楽はなんだかくらくらしてきた。

大学でも警察学校でもそれなりに成績優秀ではあったが、宗教の話にはまったく明るくない。天崎の話す内容は、まるで初耳だった。

「ええと、すみません。話の全景が見えなくて……」

「もうすぐ見える、安心しろ」

しゅんとし始めた津々楽を安心させるように、天崎は軽く腕を叩いてくる。そうして指を振りながら、少し話す速度を落とした。

「ほら、お地蔵さまとか、謎の石碑とか、何を祀ってるのかわからない小さな社《やしろ》とか、そういうものがあるだろう？　ああいうのを建てて日々拝むのが、民の宗教だよ」

「なるほど……？」

「国土を開発する中で近所の住民が移住してしまい、忘れられた石碑。あるいはダムに沈んだ地蔵群。そういうものを上手《うま》く移動させないと、甚大《じんだい》な災害を呼ぶことがある。これを俺たちは、鎮守失敗事案と呼ぶ」

「ええ……それで災害、ですか。気のせいではなく？」

思わず聞き返すと、天崎はにやりと笑みを深める。

「気のせいじゃない。この国には今も土着の神が生きている。都会の人間は忘れがちだが、おまえは知ってるはずだろ？　一年前の資料、読んだぜ。おまえが霊感に目覚めた、あのときの話」

とん、と、ノックするように裏拳で胸を叩かれる。

一年前——天崎の澄んだ声で言われると、ずるりと脳裏に過去の光景がよぎった。

まだ津々楽が所轄の警察官だったころ。

自分は身内の通報で、とある一軒家に駆けつけていた。

小さな町工場内にある家だった。玄関に鍵はかかっていなかった。津々楽は玄関扉の向こう側を見つめ、一瞬踏み込むのをひるんだ。

『秋坂《あきさか》さん。いらっしゃいますか？』

真っ黒な部屋だ。夜の室内だとしてもここは東京。外には街灯もあるし、車も通る。なのに室内があまりに暗い。黒ペンキを撒き散らしたかのように何も見えない。

胸ポケットからライトを抜いて、照らした。それでもなお暗かった。

頭が痛いくらいに静かで、何かが燃えた匂いがした。

火の気は少しもなく、空気はしんと冷えているのに。

『入りますよ、秋坂さん』

津々楽は室内に踏み入る。さまようライトの灯《あか》り。真っ暗なリビング。

誰かが立っている。ひとり、ふたり、三人。

——こんな暗いところで、なぜ？　何をしている？

棒立ちの三人に、津々楽は声をかける。

『ご無事ですか。警察です』

反応は、ない。

もどかしくて、思わず、こう続けた。

『僕だよ。相次。姉さん、大丈夫？』

ライトで照らされた後頭部と普段着だけでも、三人が誰なのかはわかった。この家に住む三人の家族だ。津々楽が家族の中でもっとも愛した姉と、工場経営者の夫と、子供。間違いない。その誰もが、壁のほうを見つめてじっとしている。

異様さに気圧《けお》されながらも、津々楽は一歩前に出る。

『姉さん、』

『相次？　来てくれたの？』

不意に、姉の驚いた声がした。

三人のほうからではなく、津々楽の背後。耳の真後ろから。

『っ……！』

津々楽は息を呑み、背後を振り向いた。声のした場所。そこには誰もいなかった。

呼吸が乱れる。心臓が高鳴る。こわい。何が起こっている。

制服の胸を摑んで、三人のほうへ向き直る。

ライトを当てる。

音が、消えた気がする。

なんの音もしない。さっきまでうるさかった心音すらしない。

異様な静寂。その中で、三つの人影は崩れた。

四肢がばらばらになって、床にわだかまった。積み木が崩れるみたいだった。

津々楽はぽかんとしてそれを見つめた。人体がこんなふうになるのを見たことがなかった。まるで夢の中みたい。それも、最悪の悪夢だ。

——がらん、がらん、がらん。

どこかで奇妙な音声が鳴り始める。鈴の音だ、と、津々楽は思った。神社で鳴らす、あの鈴の音だ。それに哄笑《こうしょう》が入り交じる。あはははは。あは。これは、誰の笑い声だ？どこから聞こえているんだ？頭の後ろ？わだかまった死体？それとも、おかしくなった自分が笑っているんだろうか？わはは。あははははは。ああ——。笑い声に包まれながら、津々楽は涙を零した。それでも笑い声は延々と続き、さらに遠くで、姉のすすり泣きの声が聞こえた気がした——。

「はい、そこまで！」

胸の中央を、もう一度、とん、と叩かれる。

その瞬間に過去の記憶が目の前から吹き飛び、津々楽の肩から力が抜ける。

天崎が下から顔をのぞき込んでくる。エレベーター内の灯りが真っ黒な彼の瞳に反射し、緑がかっているのが見えた。

「悪い。生々しいことを思い出させたか？」

この瞳を見ていると、ざわついた心が少しだけ落ち着く。渇《かわ》いた人間が水を飲むように、ついつい天崎の瞳を見つめてしまう。

しばらくそうしてから、津々楽はぎょっとした。

「い、え……。……えっ。今の、わざとです？　天崎さんが、思い出させた的な？」

そんなことができる人間がいるのかどうかはわからないが、あまりにもタイミングが合っている。天崎は少し申し訳なさそうに目を細めた。

「ん？　どうだろうな。なんでそう思った？」

「あの。僕は、霊感が目覚めたことで鎮守指導係に呼ばれました。ということは、天崎さんにも何か、そういうものがあるのかな、と、思って……」

「確かに俺にも霊感はある。わざと思い出させたわけじゃないが、お互いの霊感が影響しあって思い出すきっかけになったのかもな。つらかったなら、ごめん」

しおらしく謝られてしまうと、津々楽のほうが罪悪感にかられてしまう。何せ天崎の見た目はあんまりにも若く、下手《へた》をしたら庇護対象に思えてしまうくらいなのだ。

「大丈夫ですよ、天崎さん。本当に、大したことではないんで」

津々楽が困ったように笑って言った直後、エレベーターは停まった。

「着いたな。ここで降りよう」

「はい」

エレベーターを降りると、そこはホテルじみたエレベーターホールだ。高そうなデザイナーズソファとサイドテーブル、大きな植栽の鉢が置かれている。そこから各部屋へ内廊下が延びている。どこからどこまで金のかかった仕様だった。

天崎は足早に内廊下の果てまで歩いていくと、また胸ポケットから数枚のカードを取り出して、うちの一枚を選び取って解錠する。

津々楽がちらと見ると、部屋の表札には名前がない。

（空室）

「ここが、その、僕らが調べるべき現場、ですか？」

津々楽の問いに、天崎は軽くうなずいた。

「ああ。つまり、鎮守失敗事案が起きた場所、だな」

「鎮守失敗……こんな都会で」

まだまだ実感の湧《わ》かない津々楽だが、天崎は落ち着いたものだった。

「民間の神を相手にしてるんだ。人間がいるところなら、事案はどこでも起きる。あんまり緊張しなくていいぞ。ここではおまえの霊感も激しく反応はしないはずだ。室内では誰も死んでないし」

「室内では。……それって、室外では誰か死んだ、ってことでいいんですか」

「鋭いな」

少し笑って返し、天崎は自分が先に室内へと入っていく。

津々楽は重い扉を押さえ、おそるおそる後へと続いた。

（手慣れてる。やっぱりお孫さんでも代理でもなく、このひとが俺の相棒の天崎さん、なんだろうな。年齢とか嘱託とかのことは……どうなってるのか、さっぱりだけど）

　室内には電気が来ていないようだったが、それでも周囲はまばゆいほどに明るい。床も壁も天井も、何もかも白いからだ。床は真っ白な石目調のタイルで、建具はいちいちシンプルでモダン。真っ白な廊下を歩いていくと、だだっ広いリビングダイニングに出た。家具のひとつもない大空間の一面には、大型の腰窓が設置されている。

　窓の向こうに広がるのは、青空。

そして、その下に広がる東京の光景だった。

（天上界、だ）

　津々楽はつい、そんなことを考える。

　地べたを歩いているときは目の前のものしか見えないから、東京のイメージはいつでもつぎはぎだ。それをいきなりこんなふうに一枚絵にして見せられると、東京生まれの津々楽ですらも不思議な気分になってくる。

　天崎は周囲をぐるりと見渡し、リビングの端に設置された扉を開けた。

「来いよ、津々楽」

「はい」

　駆け寄ってみると、ぶわり、と風が起こる。

天崎が開けたのは、ベランダに繋がる扉だった。

あまりの高さに一瞬ひるむが、天崎はさっさとベランダに出てしまう。仕方なしに津々楽も後を追い、強化ガラスと鉄で造られた手すりにしがみついた。

「……たっか。タワマンなのにベランダに出られるんですね、ここ」

「中層階だからな。この上からははめ殺しだ」

天崎は言い、背伸びをしてベランダから下をのぞいている。その不安定な姿勢にはらはらしながら、津々楽も周囲を見渡した。タワーマンションの上から見ると、この一角は東京の中に突然出現した山岳地帯のように見える。

タワーマンションは、高山。眼下の商業施設を彩る岩は、流れを囲む岩壁。植え込みは森。人工の滝は、山から流れ出る雪解け水。

ベランダから下を眺めているうちに、一瞬、意識が引き込まれるような感覚があった。ぎゅんっと地面が近づいてきて、水っぽい気配が全身を包み込む——そんな幻覚。

津々楽は長く息を吸い、吐く。そして、天崎に言う。

「……ここ、誰か、飛び降りました？」

「おっ、さすが元警察官。勘がいい」

「前職のせいか、霊感のせいか、わかりませんが……」

戸惑いがちに答えると、天崎はベランダの端まで歩いていった。強風にまっすぐな髪を揺らしつつ、今度は端っこでつま先立ちになって下をのぞき込む。

「どっちにしろ正解だ。このマンションでは入居開始以来、投身自殺が相次いでいる。自殺者は年代も性別もばらばらで、なんの共通点もない。共通点があるとしたら、部屋だけだ」

「部屋の共通点……同じ間取りの部屋、とかですか？」

天崎の後ろに立って津々楽が言うと、天崎が笑顔で振り返った。

「惜しいな。同じ向きの部屋、だ」

「同じ向き」

津々楽は無意識に自分の顎《あご》を撫で、次に天崎の横でベランダの手すりにしがみつく。風の音を聞きながら、思い切って下を見た。この角度からは、タワーマンションの下に造られた庭園が見えた。新しい庭園だろうに、かなりの大樹が茂っている。

「何か、見えたか？」

天崎が試すように聞いてくる。

津々楽はじっと目をこらした。

茂った木々の間に、水のきらめきが見えた気がする。多分、池があるのだ。

「森と、池と……」

それくらいですかね。と、言おうとしたとき。

地上でもざあっと風が吹き、木々が揺れる。しなる木々の枝の間から、津々楽の目に真っ赤なものが飛び込んできた。瞳に焼き付くようなその色。

どくん、と心臓が鳴り、さっきの水っぽい気配が強くなる。吸い寄せられる。

ひやりとはするが、そこまで怖くはない。

落ちるのが当然のような、妙な感覚だった。

水の匂いが鼻の奥に蘇《よみがえ》る。

こぽり。こぽり……。

「すみません」

早口で断って、津々楽はベランダの隅にしゃがみ込んだ。

ぎゅっと膝を抱えていると、天崎が目の前にしゃがみ込んで視線を合わせてくる。

「見えたか？」

少し高めの、穏やかな声。

津々楽はのろのろと視線を上げて答える。

「何か、赤いものが。下の、庭に」

「そうだな。俺にも見えた。同じものが」

天崎はうなずき、マンションのカードキーが入った胸ポケットを指で叩く。

「自殺者が出た他の部屋もこれから回るが、どこも同じ向きの角部屋だ。見える景色はほとんど同じだろう。自殺者たちは、おそらく、あの赤いものをめがけて落ちていった」

「なんなんですか、あれ……」

はるか上空から見るだけであんな感覚になるだなんて、初めての経験だ。

津々楽が自分の口元を押さえながら言うと、天崎は丁寧に説明を始めた。

「これから実物を見に行くが、多分鳥居だろうな。この事案を相談されたとき出させた資料にあった。この辺りは元々住宅密集地だ。地域密着型の小さな社もいくつかあった。あの庭にあるのは、そのひとつを移築したものだと聞いている」

そこで一度言葉を切り、天崎は静かに瞳を光らせる。

「移築した社が祟《たた》っているなら、これは紛れもなく鎮守失敗事案だ」

◇

そのあと確認したふたつの部屋からも、地上の鳥居らしきものは視認できた。

他にも鳥居が視認できて、自殺が起こっていない部屋はあるにはある。

「まあ、タワマンの住人なんかベランダを使わない奴も多いだろうしな」

「まだ被害が出ていないだけ、という可能性もありますしね……」

二人は話しあいながら、鳥居を調べるため地上の庭園にやってきた。

津々楽は庭園の入り口で足を止め、我知らず顔をしかめる。

（空気が、違う）

しんとしたみずみずしさ、とでもいうのだろうか。

こんな都会のど真ん中なのに、山の中にいるような空気が漂っている。

庭園の規模は、せいぜいがテニスコート三面ぶんくらいだろうか。限られた敷地内に造られた整った庭なのだが、妙にこんもりしている。

「……上から見たときも思いましたけど、木が大きい、ですよね」

原因を探って辺りを見渡し、津々楽はつぶやく。

「昔からこのへんに生えていた木を、ある程度残したらしいな」

天崎はこともなげに答え、ポケットに手を突っ込んで庭園の木々を見上げていた。

再開発のときに木だけ残すというのは、案外難しい。なぜなら建築は整地から始まるからだ。辺り中の建物を壊し、土を掘り返して地形を変え、その後にすべてを整然と並べていく。なのにここでは、あえて難しいことが行われている。

「昔、このへんは住宅密集地だったんですっけ」

津々楽は念のため問いを投げる。

返事はすぐに来た。

「そうだ。小さな家が密集してて な、路地裏には鉢植えや水槽なんかが出てて、雰囲気のある場所だった。ただ、そういうところは道が狭い。消防車も入れないような路地だらけでなあ、火が出たら一気に大火事間違いない場所だった。だからウチと大手デベロッパーが組んで、再開発したのさ」

「なるほど……」

そんな肝入りの施設で、その、『事案』というものが起こったならば、警察以外に国交省に声がかかるのもわからないではない、かもしれない。

「来いよ、鳥居は多分こっちだ」

天崎は言い、軽い足取りで庭園の中に入っていく。

津々楽は覚悟を決め、大きく息を吸ってから天崎の後を追った。

こぽり、と口の近くで泡が上がった気がして、強く集中する。

(これは妄想だ。これは嘘だ。ここは水の中じゃない、地上だ)

繰り返し、繰り返し、自分に言い聞かせる。

商業施設の地下では失敗した自己暗示だが、今はひとりではないのが多少の支えだ。自信を持って目の前を歩いていく背中を見ると、ここが地上だと信じやすい。

(呼吸が、できる)

ほう、と息を吐いたとき、天崎の足は止まった。

「そら、あった。鳥居だろ?」

「鳥居、ですね」

庭園の巨木の後ろに回り込み、荒々しい石段を数歩上ったところ。巨木の枝にすっぽりと包まれた小空間に、その鳥居はあった。

細く、スタイリッシュなイメージの赤い鳥居。

その向こうには、小さく真新しい社がたたずんでいる。

手間をかけて造り直されたのだろうが、どこにも御祭神は書いていないし、由来の看板らしきものもないのが不思議だ。それに、びしゃびしゃに濡れている。

そこまで考えて、また津々楽は我に返る。

（濡れてなんかいない……また、水の幻覚だ）

「資料によれば、ここに祀られているのは水神らしいが……日本は水の神さまだらけだから、一体どんな由来のどんな神だよって感じだよな。それに……ここのカミは、かなり荒れてる気配がする」

「荒れてる、ですか」

「ああ」

天崎はしばらく難しい顔で真新しい社を眺めたのち、津々楽を振り返ってにこっと笑った。

「さっきの続きを話そう。俺たちが扱うのは民のための宗教だ、っていう話はしたな。そういう宗教の神を、俺は国家宗教の名のある神々と区別して、カタカナでカミ、と呼ぶんだが……このカミっていうのは、わかりやすく言えば自然のエネルギーだ」

「自然のエネルギーが、カミ……？」

急な話に少し驚いたものの、元々無宗教に近かった津々楽にとっては、わかりやすい話なのかもしれない。津々楽は小首をかしげて考え込む。

（アニミズムの神は自然……つまり、天崎さんが話してる民のための宗教っていうのは、かなり原初のアニミズムに近い。多分、そういう話だ）

天崎は津々楽の様子を見ながら、自分と津々楽を順番に指さして言う。

「そう。古来、人間の一部には、自然のエネルギー（＝カミ）を認知する能力があった。色んな呼び方があるが、ここでは霊感と呼ぼう。これは俺にもおまえにもある能力だ。で、だ。俺たちみたいな奴って、大昔は何を仕事にしてたと思う？」

「大昔、ですよね？　だったら神官的なものなんじゃ……」

「いいぞ、そのとおり！　霊感のある人間たちは、霊感のない人間たちがカミと折り合いをつけられるよう尽力する役目を担った。色々試行錯誤があったんだろうなあ。結果として神官たちは、カミを鎮める方法を編み出したわけだ。具体的には、カミに名をつけたり、逸話をつけたり、社を築いたり――俺たちの親しんできた、祀る行為ってやつで皆にカミの存在を知らしめ、今後のカミの力の発露を予測し、ある程度コントロールできるように調節してきた。……ついてきてるか?」

まるで授業のようだが、天崎の言葉は噛んで含めるように柔らかだ。

津々楽はひとつひとつを呑み込むように聞き、確かめるように言う。

「一応、ついていっていると思います。ええと、つまり……カミは自然のエネルギーなわけだから、我々人間は自然のエネルギーと共存するために、カミを祀ってきたっていう話ですよね……?」

「そういうことだ。で、問題は、このシステムは常にメンテナンスが要るってことなんだよな」

天崎は言い、目の前の小さな祠《ほこら》に向き直った。

静かに背を正すと、深く頭を下げる。最敬礼のようなお辞儀を二回、澄んだ音のする柏《かしわ》手《で》を二回、最後にやっぱりきれいなお辞儀を一回。

見慣れた神社礼拝の儀式ではあったが、天崎がやると何かが違う。ほんの一瞬ではあるが、辺りの空気が澄んだ気がしたのだ。

周囲に漂っていた水臭さが消えて、本来の陽光遊ぶ木々の匂いが漂う。

津々楽はやっと息継ぎができる気がして、深く息をする。

……しかし、それは一瞬だった。すぐに辺りは元のように水臭くなっていく。

天崎はため息をついて続ける。

「世代が変われば認識も変わる。百年前はしっくりきていた逸話も、今日は誰も意味がわからないなんてこともある。もっと単純に、カミにまつわる逸話や由来が失われたりもする。そうなれば祀られてある程度穏やかな状態――『和魂《にぎみたま》』化していたカミは、元の荒々しい自然の状態、『荒魂《あらみたま》』に戻ってしまう。これが、俺の言う『荒れてる』だ。荒れたカミはもう一度適切な祀り方をしないかぎり、様々な事故を引き起こす」

「なる、ほど……。じゃあ、ここに来てから僕が水っぽいような、変な感覚に襲われるのも……ここにある自然エネルギー――特に水のエネルギーが暴れている状態だから、ですか。そうか、そこに繋がる話なんですね、これ」

半ば感嘆のつぶやきを漏らすと、天崎が喉の奥で笑う。

「もちろんだ。どこに繋がると思ってたんだ？」

「いや、僕の知識不足を、漠然と補ってくださっているのかと」

「まあ、新人研修の一環なのは間違いないな。今の話がわかったなら、これから何をやればいいのかはわかるか？」

いたずらっぽい、試すような視線が津々楽のほうを向く。

学生然とした容姿に似合うような、逆にひどく年上の人間が年下の人間に向けるような、なんとも言えない視線だ。

だが、不思議と不愉快ではない。

津々楽は自分の顎をいじりながら、ひとつひとつ、確かめるように答える。

「多分、ここに祀られているのが、なんのカミかを調べて。祀り方……逸話とか礼拝の方法とかを、はっきりさせればいいんでしょうか。で、それを現場の管理人さんとかに指導すれば、鎮守指導完了？」

「おっ、すごいぞ、津々楽、五十点！」

「それって、満点は？」

嫌な予感と共に聞けば、天崎は右手の指を大きく開いて言う。

「百点満点」

「はい、そんな気がしてました」

がっくりと肩を落とす津々楽を横目に、天崎は斜めがけにしていた鞄をどさっと地面に置いた。

「他にもイレギュラーな要素が色々あるから、仕方ないんだ。今の段階では百点の答えだよ。これが、今回事前にもらってる資料だ」

鞄の中身をのぞき込み、津々楽は絶望的な気分になる。

「何百ページあるんですか、これ」

「せいぜい四百ページくらいかな」

「読むだけで日が暮れますよ……！」

「全部読む必要はないだろ。この水神がどんな由来でここに建てられたのか、祀り方に問題はないのかを再検討すればいいだけなんだから」

「どんな由来で……」

津々楽は髪を引っかき回したい気持ちを押さえ込み、しゃがんで天崎の資料を漁った。

「ええと……大規模開発前の発掘調査は……」

「その資料ならここだ。江戸時代の食器くらいしか出てない」

天崎の細い指が、するりと紙ファイルを抜いて鞄の上に置く。

津々楽はファイルをめくり、ざっと書いてあることに目を通した。

（江戸時代の食器が出たならば、ここが江戸時代からひとの住む土地だったということだ。それにしても、結構な数の茶碗だな。柄も揃《そろ》っている）

資料についた写真を眺め、津々楽は考え込む。

こうして資料を検討していると、警察官だったときの感覚がぶわりと戻ってくる気がする。証拠品は様々なことを語る。ひとつのものからどれだけの可能性を考えつくかが、いわゆる刑事の勘に繋がるのだ――と、あのころの相棒も言っていた。

「江戸時代のこの辺りって、お屋敷街でしたよね、多分」

津々楽が言うと、天崎は面白そうに答える。

「おっ、津々楽、江戸っ子か？」

「はい、一応。それに、この出土品。これだけ揃った柄の食器が出ているということは、ある程度の規模の屋敷があったと思って間違いないです。そのあとは土地が分割されて、細々《こまごま》と民家が建ったのかもしれないけど……」

津々楽は一度言葉を切り、頭上を振り仰いだ。

風が吹き、ざわり、と大樹が枝をしならせる。

「この木も多分、樹齢百年は優に超えている。小さな敷地に植えられるような木じゃありません。ひょっとしたら、江戸時代からここに残っている木かも」

「なるほど。となるとこの社も、元はその屋敷の中にあったのかもしれんな」

天崎は面白そうに顎を撫でて言う。

津々楽は大樹と社を順番に眺め、ここに古い屋敷があった時代を想像しようとする。時代ドラマに出てくるような日本家屋と、広い庭。大樹と……社。

（社があるお屋敷、あんまり見ないな。ドラマでは省略されるのか？）

「……お屋敷の中に水神の社があることって、普通なんでしょうか？」

引っかかった点を問うてみると、天崎は小首をかしげる。

「昔からそこにあった社を、温存していたのかもしれないな。東京は元々崖が多いし、水はけも悪い土地だ。昔から水のトラブルは絶えなかっただろうから」

「徳川家康が治水に苦労した話は、習って覚えています」

「そうそう、そういうことだ。この辺りも一昔前までは大きな崖があった。躑躅《つつじ》が密集してきれいだったそうだ。この施設は少しだけ、その崖のイメージを投影して造られたらしい。居酒屋の、じいさんたちが言ってた」

「居酒屋の、じいさんたち」

「うん。さっき俺が一緒に飲んでた相手がいるだろ？　みんな元々このへんの住人だったひとたちだ。今はあのタワマンに部屋をもらってる。だけど結局地べたの近くが恋しくて、元々このへんにあったあの居酒屋に入り浸ってるってわけさ」

あの、と言って指さされたのは、さっきまで調べていたタワーマンションだ。

津々楽は少々驚いて天崎を見つめる。

「じゃあ……天崎さんはそれがわかってて、あそこで飲んでた、ってことですか？」

「そういうことだな。住人や店の移転先から見当をつけて、しばらく前から入り浸っておいた。土地の由来を調べるような仕事だ、元々の住人への聞き取り調査は絶対に必要だろ？」

「もちろんです。なるほど……」

津々楽はしみじみと感心してつぶやいた。

（まるっきり古株の刑事みたいだな、このひと）

一度そう思ってしまうと、自然と天崎を見る目も変わる。

元々津々楽が警察官を目指したのは、この世の悪に対抗するためだった。たったひとり、技術もなしにそれをするのは難しい。ほとんど不可能に近い。だから志を同じくして労苦をいとわず働き続ける人々を大切にし、心の底から尊敬した。

天崎の仕事は悪に対抗する仕事ではないが、それにも匹敵するすさまじい仕事なのかもしれない。悪人どころではない、もっと大きな、得体の知れないものに立ち向かって人間を生かすための仕事。そう思うと、津々楽の背は勝手に伸びた。

津々楽は少し丁寧な口調で、天崎に問いを投げる。

「崖の他に、何か皆さんおっしゃってましたか。昔はこのへんも水害があったのかとか、そういうこと」

「そこなんだよな。彼らの世代には、もうこのへんで水害の話は聞かなかったそうだ。崖があった当時にこのへんにあった水っぽいものといえば、金魚を育てる人工池くらいらしい」

「金魚？」

津々楽はふとその単語に引っかかり、記憶を探った。

金魚。最近、金魚を見たような気がする。

しかし、どこで？

考え込む津々楽の前で、天崎は続ける。

「こんな東京のど真ん中で、と思うだろうけど、昔は結構庭の池に金魚を放す家が多くてな。そういう家がある近所には、金魚屋もあったんだ」

「なるほど。庭の池と——金魚、ですか」

「そうだ。庭の金魚なんか、そんなに大した世話はしないからな。どんどん死んで、どんどん補充するのさ。今思うと残酷な商売かもなぁ」

「……ですね。見た目は、きれいなのに」

津々楽が口の中でつぶやいたときだった。

唐突に津々楽の脳内に、過去の感覚が蘇ってくる。

過去といっても、直近の過去だ。さっき商業施設の地下一階で感じた、水の感覚。

肌に生ぬるい水の感触がまとわりつき、鼻に苔臭さがこびりつく。

ぬるついた水で、こぽこぽと肺が満たされていく。目の前が揺れる、揺れる。

眼球だけで上を見ると、水面ははるか頭上だ。

そして、伸ばした手の先を巨大な影がよぎる。

ひらひらと尾をひらめかせながら横切る、真っ黒な——。

「天崎さんっ！」

思わず叫んだ津々楽に、天崎は軽く目を見開いて返す。

「おう、どうした」

津々楽は夢中になって天崎にしがみつき、必死に主張した。

「わ、わかり、わかりました……金魚です！　ここにいるの、金魚です！」

「金魚？　霊感で見えたのか？」

天崎はしっかりと津々楽の腕を取って支えながら返してくれる。細い腕ながらも揺るぎない所作にほっとして、津々楽はうなずいた。

「地下一階で、天崎さんに日本酒かけられるちょっと前……確かに見たんです。僕は池に沈んでいて、外に出たかった……上を見上げると、魚が泳いでました。金魚です、金魚だった、あの水は、そうだ、川じゃなくて池だった、僕は金魚池を感じ取ったんです！」

「ふむ。なるほど」

考え込む天崎を見て、津々楽はふと、疑問に思う。

「あれ……？　でも、金魚池って、人工物ですよね。カミっていうのは、自然のエネルギーだから、金魚とは、関係ない……？」

「いや、そうともかぎらんさ。カミが人工物や都市伝説なんかを取り込んで、別の姿を取ることはよくある。ひとまず調べてみよう」

天崎は即答すると、ポケットからスマホを取り出して電話をかけ始めた。

「おーい、神矢。頼みがある。地図とってくれ、地図。そうだなあ……昭和五十年くらいから五年刻みで遡《さかのぼ》って、終戦まで。あ、あと、できれば幕末と明治初期も。で、スマホに送ってくれ。ん？　津々楽？　会えた会えた。仲良くやってるよ。じゃあな」

あっという間に会話を終えると、天崎は津々楽に笑いかけた。

「今、この辺りに過去何があったかの地図を細かくもらえるよう頼んだ。そいつが来るまで、少し休もう」

「はい。あの……なんだか、すみません」

「何を謝ってるんだ？　おまえは優秀だぞ、津々楽」

天崎は朗らかに言って、地べたに置いたバッグを持とうとする。津々楽は慌てて自分が先にバッグを拾い、そばにある石のベンチまで持っていった。

天崎は面白そうについて来て、ベンチの端に座る。

そのまま彼がベンチの隣をぺちぺち叩くので、津々楽は恐縮しつつ隣に座った。

「おべっかじゃない。霊感がある奴は、見たものと資料、どっちかに翻弄《ほんろう》されるんだ。資料を見て見たものに自信がなくなるか、霊感を過信しては資料をねじまげる。おまえはどっちでもないのがいい。どっちも半信半疑で、響きあうって感じなのがさ」

「そう、でしょうか。だったら、いいんですが」

津々楽はつぶやき、しばし黙り込む。

天崎も黙り、ふたりが出会ってからほとんど初めての静かな時間が流れた。

風が吹き、人々のざわめきや車の走行音を遠くから運んでくる。

（何か、話したほうがいいのかな）

会ってからがあまりに怒濤だったため、今さら何を話していいのかよくわからない。しかし初めて会った相棒なのだから、もっと喋っておいたほうがいい気もする。

悩んだ末に津々楽が唇《くちびる》を開きかけたとき、天崎が間延びした声を出した。

「ん～、煙草吸いてえ」

「はあ……？」

愕然《がくぜん》として隣を見ると、天崎はしみじみと頭上を見やりながら地面を蹴っていた。

「いやあ、ほんとに煙草に厳しい社会になったよなあ」

「なったよなあ、じゃなくて、未成年！」

津々楽はついつい、天崎のことを指さして声を大きくしてしまう。

天崎は少しむくれた顔になり、ますます足をぶらぶらさせる。

「未成年じゃないって言っただろ。体は丈夫だよ」

「丈夫だとしても、警察時代の僕だったら絶対補導しましたよ。若く見えるんだから、絶対市民からもクレームが来ます。できるかぎり控えてください。あんなもの、百害あって一利なしですし」

「一利もないかは他人が決めることじゃないだろ。こういうときに煙草吸うと、気持ちよく考えがまとまるんだよなあ。まあ、やったことない奴にはわからないか。あ～、時代がもう一回転して、大喫煙時代が来ねえかな！」

「嫌ですよ、そんな。汚い昭和をもう一回やるなんて」

「見てもいないのに汚いとか言うなよ。実際汚かったけどさ」

「実際って……」

何か、資料映像でも見たんですか？　と問おうとしたとき、天崎のスマホが光り始めた。

同時に天崎のだらけた雰囲気は消え、彼はぎゅっとスマホ画面に集中する。

いくつか画像を確認したのち、天崎は口元をにやりと笑みにゆがめた。

「津々楽、見ろ！」

明るい声と共に差し出されたスマホ画面には、古い地図が映し出されている。

この商業施設ができる前は、住宅密集地と、ほんの小さな公園。

しかし、その前を遡っていくと、いきなり区画が大きくなる。

津々楽は身を乗り出して、その区画に書いてある文字を読み取った。

「……工場。印刷工場があったんですね、こんなところに」

「そうだ。で、ここにあるのは？」

天崎の指が、工場地図の片隅をくるりと指で囲う。そこにあったのは、ひょうたんのような形の線。

「多分……池の絵、ですよね？」

ためらいがちに聞いた津々楽に、天崎が大きくうなずく。

「そうだ、やっぱりここには池があった！　で、ここを遡ると……」

天崎がフリックするとぱたぱたと画像が変わっていき、工場とまったく同じ区画のお屋敷が書かれた地図が現れる。

「工場の前はお屋敷だ！　時代は……あれ？　明治？」

地図の端に書かれた年号を読んで、津々楽は少し疑問に思う。

このへんに屋敷があったのは、てっきり江戸時代までだと思っていた。

明治といえば身分制度の大改革があった時代だ。大名や武士の屋敷の多くは新政府に取り上げられ、もしくは特権のなくなった持ち主が屋敷を維持できなくなって、売りに出したはず。そうして東京の景色は変わっていった。

なのにこの屋敷は、明治の間もずっとそこにある。

「明治まで屋敷が残ってるってことは、何か、すごく上手くやったひとなんですかね。新政府との交渉が上手くいったとか、新しい商売が軌道に乗ったとか？」

津々楽はつぶやき、地図を睨《にら》む。

天崎は笑いを含んだ声で言った。

「商売の線だったとしたら、この土地の名産として最近まで残っていてもおかしくないな。明治なんて、ほんの一昔、二昔前の話だ」

さすがに明治が一昔前は言いすぎなんじゃ、と思いながら、津々楽はこの辺りの名産について思いをはせた。港区の名産なんて想像もつかない——と思ってから、はっとした。

さっき天崎は言っていなかっただろうか。

居酒屋で仕入れた情報。この辺りには、金魚屋があった、と。

「ひょっとして……金魚……？」

津々楽はつぶやき、天崎は笑みを深めてうなずく。

人工池で金魚を繁殖させ、家々の庭に届ける商売。

それこそが、この土地の名産だ。

◇

「いやあ、思ったよりも早く済みそうで、何よりだ！」

天崎がすがすがしい声を出すのを聞きながら、津々楽はおそるおそる背負っていたリュックのファスナーを開ける。

「居酒屋の常連さんから、元金魚屋さんに繋がれたのはラッキーでしたけど……」

「ラッキーもラッキー、大ラッキーだ！」

天崎は上機嫌で一回転し、目の前の社を見つめる。

神矢から送られてきた地図を参考に推理を組み立ててから、数時間。

天崎と津々楽は追加の聞き取り調査ののち、元の場所に戻ってきている。元の場所、すなわち、タワーマンションの足元にある庭園の社の前だ。

天崎は、あちこちを指さしながら言う。

「予想は大当たり。かつての金魚産業のきっかけは、武士の特権を剥奪《はくだつ》された家が始めた金魚の養殖業だった。この商業施設は、当時の屋敷跡を完全に呑み込んでいる。このへんの木々も当時の木だし、ちょうどおまえのいる辺りは金魚池だった」

最後に自分を指さされ、津々楽はリュックの中身から天崎に視線を移す。

「と、いうことは……このお社は、金魚池を守る水神さまってことですか？」

人造池を守る神というのもあまり聞かないな、と思っていると、天崎もわずかに首をかしげる。

「そうだな。とはいえこの家の稼業は金魚の養殖。となればこのカミの性質も、稼業を守る屋敷神《やしきがみ》の性質になっていたと思っていいだろう。ちなみに津々楽、屋敷神ってなんだかわかるか？」

「えーっと……すみません、あんまりわかってないかもです」

「ま、今時あんまり見ないもんな。古い屋敷の隅っこに、屋敷のミニチュアみたいな社があることがある。あれが屋敷神だ。一族の先祖、氏神《うじがみ》を祀っているとされる。子孫を見守り、繁栄させる、という形にカスタマイズされたカミだ」

「カスタマイズとカミっていう並び、なんだかくらくらしますね……」

津々楽の感想は正直だったが、天崎は小揺るぎもしない。

「時間をかけて祀り方が変わっていったってことさ。儀式ってのは双方向だからな。カミが人間を変え、人間がカミを変える。しかし、屋敷が売り払われて工場になった時点でそれまでの正しい由来と祀り方は失われ、ここのカミの荒魂化が始まったんだろう。当時から、ちょいちょいなんらかの事故はあったんじゃないか？」

工場の事故。その言葉は、津々楽の一年前の記憶を引っかく。

津々楽が最初に巻き込まれたカミがらみの事件も、工場併設の住宅で起きた。

偶然だろうか。それとも、カミがらみのかすかな異変が、事故の起こりやすい工場という場に呑まれてしまった結果なのだろうか。

ほんの小さな異変は、育つ。

それはどんな現場でも同じ。

「事故は、普通に処理すれば、ただの事故ですもんね」

津々楽は薄暗くなった声でつぶやく。

（……まずい。仕事中に、こんな）

はっとして表情を取り繕おうとするが、それより先に天崎が明るい声を出した。

「そういうことだ。だが、移転したことで問題が明らかになった。いいきっかけだ。今のうちに処理しよう。で、津々楽。なんでリュック開けて固まってるんだ?」

「え、あ、すみません」

津々楽はうろたえ、リュックの中身をもう一度見る。

勇気を出して中に手を入れ、慎重に木箱を引っ張り出した。神矢から渡された、古びた桐の箱である。きりりと結ばれた赤い組み紐ばかりが新しく、ビジネスリュックにすっぽり入る大きさにしては、妙に重い。

津々楽はその箱を両手で捧げ持つようにして、天崎に問う。

「神矢さんから預かったんですが……一体、なんなんです?」

「いやあ、神矢も気が利《き》くよなあ。これがなきゃ、今日中の解決は無理だと思ってたんだ!中身はまあ、お祓い道具、みたいなもんだな」

天崎は満面の笑顔だが、曖昧な言葉がどうしても気になる。

何しろ見るからに怪しい箱なのだ。お祓い道具というより、なんらかの呪いの道具が入っていると言われたほうが納得がいく。

津々楽は天崎に、探るような視線を向ける。

「みたいなもんっていうことは、厳密には、違う?」

「鋭いな〜、あはは」

「あははって……待ってください、教えてくれないんですか⁉」

そんな反応をされたら、ますます箱の中身に疑惑が深まってしまう。

なのに天崎は言い訳をするでもなく、人差し指で箱をとんとんと叩きながら言う。

「使い方は教えるさ。それまでは、絶対に箱を開けるな。いいな？」

天崎のセリフの最後に力がこもったのを聞き、津々楽は百の文句を呑み込んだ。

「……わかりました」

ここまでの調査で、天崎が経験豊かで意欲のある人物なのはわかっている。そして自分は、ここではどうしようもなく新人だ。ならば、引き続き天崎を信じるしかない。

覚悟が決まった津々楽の顔を見て、天崎はどこか慈悲深く目を細める。

「いい子だ」

静かにそんなことを言い、天崎は腕時計を見た。スマートウォッチではなく、目立つような高級時計でもない。古く手入れのいい腕時計だった。

「ここでの自殺者がもっとも多いのは、夕刻。昼と夜とが入り交じり、あらゆる境界があやうくなる時間だ。今日の暦《こよみ》からすると、三十分後くらいか。そのときになったら、俺がカミを引っ張り出す。津々楽、おまえの役目は、引っ張り出したカミの動きを止めること。それだけだ」

「動きを、止める」

津々楽は噛みしめるように繰り返した。

「やり方は指導するから安心しろ。その間に、俺が荒魂を和魂化する」

天崎は言い、改めて津々楽の前に立つ。黒々とした瞳でじっと津々楽の目を見上げ、心臓の位置に人差し指を当てた。

「おびえるな。引き込まれるな。ここにいる人間の津々楽を信じろ。いいな？」

「——はい」

力のこもった言葉だった。

今日初めて会ったひととは思えないくらい、心に染みてくる声だった。

このひとは、自分を信じてくれている。実際はどうあれ、そんな気がした。

指を当てられた心臓が、じわりと温かくなって全身を温める、そんな感覚に包まれて、

津々楽は鳥居のほうに向き直る。同時に、天崎も鳥居を見た。

日が暮れていく。

せわしないビル街、そそり立つタワーマンションと商業施設の向こうで、空が色を変えていく。ガラス張りのビルは素直すぎるくらい素直に空の景色を写す。生き生きとした青空が見る間に生気を失って、紫色に変じていくさま。

（死んでいくひとみたいだ）

唐突に津々楽はそんなことを思う。死んでいくひとの青ざめていく顔、紫色になったら

もうおしまい。酸素が足りない。助からない――。

警察時代に見た様々な死が脳裏をよぎる。

次の瞬間、ごぼり、と。

目の前に泡が浮かんだ。

(――来た!)

津々楽は腹に力をこめ、目の前の泡を睨みつける。

地下で溺《おぼ》れかけたときのように、無様な姿を見せるわけにはいかない。

あのときは、何が起こっているのかわからなかった。どうすればいいのかも、わからなかった。今は違う。これが、カミの巻き起こしていることだとわかる。どうすればいいかを、教えてくれるひともいる。

(今するべきは、自分を信じること。人間の、津々楽、相次)

自分の名前を唱えると、不思議と呼吸が楽になった。

地下で感じたような息苦しさはない。辺りにはこぽこぽとあぶくが立ち、薄暗い大気は苔臭い水の気配を漂わせているが、呼吸はできる。

視界の端をさあっと黒い影がよぎり、津々楽は視線だけを動かした。

泳いでいくのは見覚えのある形の魚影だ。幼いころに金魚すくいですくって、持ち帰ってすぐに殺してしまった、金魚。観賞用の哀れな魚。

気づけば、辺りには無数の魚影があった。

（ものすごい数だな……こんなに密集させて、いいのかな）

ぎょっとしたあとには、心配が来る。魚だって狭い場所では窒息するだろうに、いつしか津々楽の周囲には山ほどの魚が泳いでいた。鰭《ひれ》をなびかせ、出っ張った目をぎょろつかせ、太った体を揺すって、それぞれに泳いでいく。

（こうして見ると、金魚って、不思議だ）

子供のころは無心にすくっていたけれど、金魚の形態はなんともいえず不思議だ。自然淘汰《とうた》の進化とはまったく違う、人間の品種改良の果てにできたものたち。観賞するためだけにこれだけ様々な形が作られたのだと思うと、ますます不思議な気分になる。

見るためだけに作られて、こんな池に押し込められて。時が来たらすくい上げられて、売られていって。どこぞの池に放される。その池には、すでに死んだ金魚が堆積している。死体の上を、新しい金魚が泳ぐ。

（池で育って、池に売られて、池で死んで。出口なんかどこにもない）

せめてもう少し広いところで生まれたなら。せめてもう少し、死の匂いが薄いところまで泳いでいけたなら。この池から自分たちをすくい上げる網が、自分たちをまったく違う場所まで運んでくれたなら。

津々楽はそんなことを考えて、頭上を振り仰ぐ。

視界は水中に沈んでいるかのように、ゆらゆらと揺れている。

タワーマンションも、黄昏色《たそがれいろ》の空も、揺れている。

（――あそこまで、行けたならなあ）

津々楽はぼんやりと手を伸ばす。

ぽん、と、飛んで。

この水の中から、飛び出して、あの崖の上まで行けたらなあ。

そうしたら、ずいぶん気持ちがいいだろう。ずいぶん違う景色が見えることだろう。

違う景色に慣れたころには、自分たちも、今とは違うものになれるだろう。

ただ、見つめられるだけのものではなくて。名も無く、死んでいくだけのものではなくて。もっと別の、何かに。

（変なことを考えてるな。まるで、金魚になったみたいなこと）

頭の端っこに残った冷静な津々楽が、そんなことを考えている。

ひょっとしたら、これは金魚の気持ちなのではないのだろうか。ここで死んだ金魚たちの残した思いのようなものに、心が響きあってしまっているのではないだろうか。

ここで死んだ金魚たちの思いは、この場に取り残された出来も祀り方も失われたカミと入り交じり、たゆたい、どこにも行けず、池の水のように、ずっとずっとここにあったのではないだろうか。

「あれ……？」

違和感を覚えて顔をこすり、手に涙がついたのを確認する。

（こんなことで、涙が出るなんて）

さすがにおかしい、と首をひねっていると、傍らの天崎がつぶやく。

「響きあっても連れ去られないのは立派だが……危うい奴だな」

「……？　それって、僕のことですか」

津々楽は問うが、答えの前に辺りの空気が変わった。

不意に、耳が圧迫されたような感覚。

音が、しない。

ありとあらゆる音が、消える。ノイズさえも。

生きていれば常に聞こえているはずの、自分の心音すらも。

何も、ない。

生まれて初めての、無音。

（いや……違う。あのとき。一年前の、姉さんの事件のときも、一瞬音が消えた。音が消えて、直後、あれが、出た）

あれ。異形《いぎょう》のもの。霊感がなければ、見えないもの。

天崎の言葉を借りるなら、カミ。

——カミが、来る。

津々楽が軽く目を瞠った、直後。

鳥居の向こうに、何かが見えた。

何か。巨大な、赤。

もわもわと広がった赤い霧《きり》のようなものが、急速に集まってひとつの形になる。まんまる。まんまるな、赤い球。それがあちこちからひらひらとフリルのような鰭を生やす。間違いない。

金魚だ。真っ赤で、巨大な、金魚。

鳥居をぎりぎりくぐれるほどの大きさの金魚が、ふたりの目の前に出現する。

巨大な眼球をぎょろつかせた金魚が、宙を泳いで鳥居を出てこようとする。

津々楽はその眼球に視線を吸い寄せられる。

西瓜《すいか》ほどもある眼球の奥。

そこには、あぶくのようなものがある。

あぶく——いや、目、だ。無数の目が、金魚の眼球の奥にある。

血走った、人間の目が。無数の人間の目が、何かを言いたげにこちらを見ている。

——毎日が忙しくて、毎日がおんなじで。出たかったの。

——小さなところに押し込められて、人間関係が行き詰まって。出たかったな。

――パパも嫌い。ママも嫌い。ここから、出たい。

――出たい。出たい。出たい。出たい。

――高く飛んだら、出られるの？

「津々楽！」

真横から、天崎の鋭い声が響いた。

頭の中に響いていたあらゆる声より、はるかに強く、心を貫き通す声だった。

津々楽は息を呑み、次にぐっと唇を噛む。続くであろう指示を待つ。

「箱を開けろ！」

明確な指示に、津々楽は半ば反射的に手を動かした。

命令に従うのには慣れていた。そして津々楽の心は、このほんの短時間で、天崎の命令を受け入れる準備ができていた。

真新しい組み紐を引きほどく。

途端に、津々楽の持つ桐箱は、ずしんと重さを増した。

思わずよろめくほどの重さに、津々楽はぎりぎり耐える。

（箱を、開ける）

それだけを心で繰り返し、桐箱の蓋に爪をかけ、開いた。箱の中には、艶のある紫色の布に包まれた何かが入っている。急いで布をほどけば、出てきたのは素朴な人形だった。

陶製のお面をかぶり、あとは布きれと綿で作られ、着物すら着ていない人形。布きれはすっかり黒っぽく変色しており、かなり古いものだと推測できる。

「なんだ、これ」

つぶやいた津々楽に、新たな指示が飛んだ。

「その人形にカミを見せろ！　そうして、箱を縛っていた紐で、人形を縛る！」

「わかりました……！」

どういうことなのかわからないが、とにかく言われたらやるまでだ。

津々楽は人形を鷲掴《わしづか》みにして、持ち上げた。

（えっ。生ぬるい）

まるで人間だ、と思う。

猫くらいのサイズの人間の首根っこを摑んで、吊るしているような気持ち。

本能的な恐怖が這い上がってくるが、腹に力をこめて耐えた。今は、恐怖しているべきときではないからだ。動かなくてはならない。

言われたとおりに、人形を金魚の前に突きつける。

金魚の目が、目の奥のいくつもの人間の目が、いっせいにぎょろりと人形を見る。

そして巨大な口を開けると、金魚は叫んだ。

『帰りたい出ていきたい死にたくないここにいたくない変わりたいどこかへ行きたい遠く

へ遠くへ水をもっと苦しい苦しいこなければよかったうまれなければよかったここはいやだここはいやだここはいやだここはいやだここはいやだここはいやだ』

「っ……」

津々楽は顔をしかめる。

目の前いっぱいに金魚の口が広がっている。口の中は真っ暗闇。まるで何もないかのような黒だ。その奥から、何かの燃えがらのような匂いがする。

(姉さん)

姉が死んだ現場の匂いを思い出す。この闇の中に姉がいるような気がする。

いや、多分、いる。

この闇はあのときの闇と同じだ。

多分、姉が連れていかれてしまった場所にも繋がっている――。

「津々楽、紐!」

天崎の叫び。

津々楽はとっさに右手を強く握る。そこに、組み紐を持っていたことを思い出す。

大丈夫だ。自分は津々楽相次。ここにいる。

津々楽は人形を抱き、紐をたぐり寄せて人形の体に巻き付ける。

きゅ、と紐を結んだ瞬間、金魚はぶわりとまんまるに膨らみ、そのまま動きを止めた。

津々楽の頭に響く声が悲鳴じみて音量を上げる。

『外せ動きたい動きたい帰りたい出ていきたい死にたくないここにいたくない変わりたい別になりたい別がいいうまれなければよかったうまされなければよかったここはいやだここはいやだここはいやだここはいやだここはいやだここはいやだ』

ともするとその悲鳴で頭がぱんぱんになり、他の何も考えられなくなってしまう。

なのに天崎の声は、そこにいとも簡単に割り込んでくるのだ。

「安心するといい、金魚たちを見守ってきたカミよ」

まだ大人になりきっていない、曖昧な声で囁き、天崎は自分の髪を数本引きちぎる。どうするのかと見ていれば、彼はそれを金魚の口の中に放り込んで、笑った。

切れ長の目を細め、物憂く。同時に、晴れやかに。

見た目どおりの歳ではとてもではないが浮かばないような、老人めいた笑みだった。

「金魚たちはもう、様々なところへ飛んでいったぞ。己の鰭では届かぬところまで、遠いところまで飛んでいった。その美しさだけで、どこまでも行った。たいそう愛でられ、讃えられ、間違いなくこの土地を潤した」

金魚の目が天崎を見ている。目の奥の目が徐々に動きを止めて、じっと天崎に集中する。

天崎は最後に、きれいな所作で、ぱん、と柏手を打った。

「――カミよ、鎮まり給《たま》え。わたしたちはあなたをここに鎮め、守ることを誓う」

無音の世界に柏手の音が響き渡り――金魚は、いきなり、ばくん、と口を閉じる。直後、金魚はくるん、と一回転する。くるん、くるんと回転は止まらず、金魚は元の球体に戻っていく。さらにその球体は縮まっていき、同時にまばゆく輝き始めた。

笑い声がする。そして、何やら香ばしいような、心地よい匂いが。

やがて金魚だったものは、拳大にまで縮まった。

そうしてひときわ明るくなったかと思うと、音もなく鳥居の向こうへ戻っていく。真新しい社の中に染み入るように入り込んでいったかと思うと、それっきり。

周囲に満ちていた奇妙な水の気配は、跡形もなく消えてしまった。

◇

「――と、いうわけで。荒魂化していたカミは和魂化して社に納まりました。以降は再発を抑えるため、かつて金魚池のあった場所に人造池を増設。そのほとりにこの場所の由来を書いた看板を立て、金魚にゆかりのお供えを続けることで、カミの荒魂化を防ぐように指導してまいります」

事件の二日後。

津々楽は相変わらず倉庫……もとい、薄暗い鎮守指導係の部屋で、初めて関わった港区の鎮守失敗事案についての報告をしていた。

まだ係長は不在なので、報告を聞いているのは神矢だ。彼は津々楽がまとめた報告書をぺらぺらとめくりながら、満足げにうなずいた。

「うん。うん、うん。実にいいと思います。天崎さんと津々楽さん、おふたりの経験がよく生きた仕事になりましたねえ」

「天崎さんはもちろんですが、僕の経験、生きましたか？」

怪訝な顔になって聞くと、神矢はにっこりと笑ってみせる。

「もちろんです。堂々としていたし、発生した事件の状況を把握、その原因を探っていくときの手順や勘はさすがだ！　と、天崎さんおっしゃってましたよ？」

「はあ。でしたら、嬉しいですが」

津々楽は少々複雑な気分で答えた。自分がここに呼ばれたのは霊感のせいだとばかり思っていたが、実際役に立っているのは前職で培った部分のようだ。

「ちなみに、神矢さんに貸していただいた、あの人形なんですけど。……一体、なんなんです？」

おそるおそる聞いてみるが、神矢は笑ったまま首をひねるだけだ。

「さあ、なんなんでしょうね？」

「秘密、ってことですか……」

「ああ、いやいや。見つかった場所や状況はお伝えできますが、それがあの人形の能力に関わっているかどうかは、我々にもよくわからないんです。わかるのは、あの人形の力。カミを一時的に封じられる力がある、ということだけなんですよねえ」

「そ、そんなわけのわからないものを使ってるんですか、国交省が」

津々楽はぎょっとして聞き返すが、神矢は小さく肩をすくめる。

「うちが扱うのは国民に密着したカミに関わる事案です。民に密着したカミは常に形を変え続ける。目の前に現れた事象が一番大事なんです。御利益《ごりやく》があるとされてるお札なんかより、由来がわからなくても『効《き》く』ものが大事というわけです。天崎さんもそういうことをおっしゃってませんでした？」

「そこまでは言ってませんでしたけど、まあ、似たようなことは言ってたような……」

津々楽は記憶をたどりながら周囲に視線を配る。スチールラックが所狭しと並べられた部屋は、最初に来たときと同じくしんとしている。

天崎の姿は、ない。

「その、天崎さんは？　今日はどちらでしょう？」

「知らない」

神矢はあっさり言い、ぱさりと報告書を置いた。

「ええええ……」

こんなにも相棒の所在がわからない職場があっても、いいのだろうか。

毎度毎度、今回の事案のように天崎を追いかけて駆けずり回るところからスタートするのだとしたら、かなり疲れる。

津々楽が長いため息をついていると、ちょうど部屋の扉が開いた。

「よぉ、おはよう、諸君！」

「天崎さん……！」

待ち望んでいたひとの姿に、思わず津々楽は声を上げる。

今日はきちんと最初から国交省の上着を着た天崎が、休重のないようなひらひらした足取りでやってくる。

津々楽は彼を眺め回し、少し不安げに聞いた。

「もう昼近いですけど、どうしたんですか。体調でも悪いとか？」

「いや？　和菓子屋に寄ってきたんだ」

天崎はまっすぐ津々楽の隣まで来ると、手にしていた渋い紙袋を持ち上げる。

続いてその中から紙の箱を取り出し、神矢の机上に置いた。白く細い指が箱の蓋を開ければ、ぱっと燃え立つような赤が視界に入る。

「ほら、可愛いだろ」

「えっ。すごい、金魚だ……」

津々楽は身を乗り出し、箱に収まったものを見た。

ずらりと六個並んだそれは、ひとつひとつプラスチックケースに入った上生菓子である。黄色から赤の繊細なグラデーションと、白と赤のまだらの二種類で彩られた菓子は、明らかに金魚の形をしていた。

「あのタワマン住みの和菓子屋に作ってもらった。社へのお供えにいいだろうと思ってな。これは試作だが、今後は市販も視野に入れてもらう」

「なるほど……いいですね。これに、かつてあった金魚池や金魚を売る商売についての説明書きをつけて売れば、名物になるかもしれない。みんなあそこに何があったかを忘れないし、お参りも増えるかもしれないし……スマートなやり方だ」

「だよな？　俺っていい仕事するだろ？」

快活に微笑みかけられれば、津々楽にはうなずくしかできない。

ただし、その声はためらいに濁《にご》った。

「はい。ただ……」

「ん？　ただ、なんだ」

切れ長の目を細めて、天崎が顔をのぞき込んでくる。

見た目は相変わらず高校生か大学生か、といったその顔を見下ろし、津々楽は少しだけ顔をしかめた。

「酒臭くないですか、天崎さん」

「あ〜。おまえ、鼻がいいな。和菓子屋のご主人、飲んべえなんだよな〜」

津々楽は当然のように言い、金魚の生菓子をひとつ箱から取り出す。

津々楽は静かに引きつり、声を大きくした。

「待ってください……昼ですよ？　というか、まだぎりぎり午前ですよ？　いくら酒が好きだからって、そんな時間から飲むのは依存症の恐れがあります！」

「これだから今時の若者は困ったもんだなあ。いいか？　調査だって今回の和菓子の試作だって、これだけ早く対応してもらえたのは俺があのへんのじじばばと飲み仲間になってたからだぜ？　こういうのを根回しっていうんだ」

「いや、でも、その根回し、ほんとは駄目でしょう⁉　天崎さんは公務員ですよ！」

必死に叫ぶと、天崎は困ったように視線をさまよわせる。

「嚙みつくなぁ。確かに公務員だけどさ、俺は特別なんだ。そうだよな、神矢？」

助けを求めるように神矢のほうを見る天崎だが、神矢はノートＰＣに向きあいながら、薄笑いを浮かべていた。

「特別ではありますけど、お体には気をつけたほうがいいんじゃないですか？　いいかげん、お歳ですしねえ」

「おい、おまえまでそんなこと言うのか⁉　見るからにぴちぴちじゃないか、俺は！」

「見た目はね？　見た目だけでしょ」

素っ気ない神矢の答えに、天崎は軽い絶望顔になって神矢のデスクを叩いた。

「中身もちゃんと若い！　若者の文化にもついていってる。そうだよな、津々楽！」

「え、ええと……そもそも結局、天崎さんは、何歳なんですか？」

ずっと棚上げしていた疑問を、ついに津々楽が引っ張り下ろす。

津々楽の真剣な視線を受け、天崎は軽く目を瞠った。

「ん？　知らないのか？」

「ええ。最初聞いてたのが、間違った情報らしくて」

津々楽の言葉に、天崎は少し考え込む。そうして胸ポケットを探ると、大量のカードの中から免許証を取り出し、津々楽に差し出した。

「はい」

この見た目で免許はあるのか、と思いながらカードと向きあう。写真は目の前にいる天崎そのままの姿だ。そして一番上の生年月日を読み、津々楽は眉根を寄せる。

今の年数を脳内で確認し、簡単な引き算をする。

「百……五、歳……？」

「そう」

天崎があっさり答える。

津々楽は呆然《ぼうぜん》と顔を上げる。

「え……？」

助けを求めるように、神矢を見た。

神矢は津々楽のほうを見ようともせず、頭上でひらひら手を振る。

「間違いなく戦前生まれですよ～、そのひと」

「え……えええええええ⁉」

今度こそ、遠慮なしの大声が出た。

天崎は試作品の金魚の上生菓子を頰張《ほおば》っていたが、津々楽の大声に思わず吹き出す。どうにか菓子を呑み込んで、津々楽を指さして弾けるように笑いだす。

「あははは、いい驚きっぷりだ！　ま、あんまり気にするな！　カミに関わると色んなことが起こる。そういうことだ！」

「い、いや、えええええ、待ってください、ほんと……？　僕、これから、どういう気持ちで天崎さんの相棒をすればいいんですか⁉」

「甘えていいぞっ」

「そういう問題ですか！」

力いっぱい叫び、津々楽は肩で息をした。

信じられない。あの、一年前の事件から、ずっと信じられないような日々が続いている。

その中でも、今回が一番信じられない。百五歳のお爺ちゃんが、みずみずしい学生みたいな容姿で目の前にいて、これからも一緒に仕事をするだなどと。

（介護……？　いや、でも、元気ではある、のか？）

衝撃でぼうっとしていると、神矢が自分の眼鏡を直した。

「ちなみにですが……」

「まだ何かあるんですか」

津々楽は力なく神矢に聞く。神矢はノートPCで何かを送信したのち、指を組んで津々楽を見上げ、薄ら笑った。

「諸事情あって、今日から天崎さん、津々楽さんのお部屋に住みますので」

「はあ……？」

またまた冗談としか思えない新事実に、津々楽は今度こそ完全に放心した。

天崎は津々楽の背を叩き、手の中にプラスチックケース入りの上生菓子を押し込んでくる。津々楽がのろり、と視線だけを動かして天崎を見ると、彼は屈託なく笑って言った。

「そういうわけだから、俺のことは明るく楽しい男前の同居人、と考えればいいと思うぞ。よろしくな、津々楽相次！」

【2】酷道《こくどう》の幽霊バス

津々楽《つづら》は夢をみている。

夢の中で津々楽は、まだごく普通に警察官をしていた。

津々楽が仮眠室で目覚めると、辺りはまだ真っ暗だ。交代の時間。体は少しだるいけれど、心にはやる気がみなぎっている。自分がこの街を守る。自分にはその力がある。そんな気持ちが津々楽のガソリンだった。

『起きたか、津々楽』

快活なバリトンが響いて、津々楽は声のほうを見る。仮眠室の扉を開けて、同僚が自分を待っている。津々楽はうなずき、足早に同僚のほうへと歩いていく。

歩いていく。歩いていく。歩いて――いく。

けれど、なぜか津々楽は同僚の前にたどり着かない。仮眠室が永遠に伸びていくような感覚。なぜだろう、と内心首をひねりながら、一生懸命津々楽は歩く。

段々と歩調が早くなり、走り始める。

『津々楽。おい、津々楽』

同僚が自分を呼んでいる。早く、早く行かなくては。

彼のところまで、行かないと。

追いつかないと。

『今、行きます！』

津々楽は叫ぶ。

同僚はそんな津々楽を見つめて、一歩も動かずに言う。

『……大丈夫か？』

その声に乗っているのは、心配と、哀れみ。


「っ……！」

津々楽は息を呑んで、目を開けた。

目の前には、薄闇。遮光カーテンを閉じたマンションの一室が広がっている。

慣れた警察の寮ではない。ほどほどに恵まれた、ごく普通の２ＬＤＫ。

のろのろとローベッドから体を起こし、今日が何月何日かを考える。毎日毎日あまりにも同じ夢をみるせいで、すぐに時間の感覚が麻痺《まひ》してしまう。

枕元のスマホを手探りで拾い、味噌汁の匂いを吸い込む。

どこか甘く感じる、懐かしい匂い。

（……ん？　味噌汁って、どこから……？）

寝ぼけた頭で受け入れてから、津々楽は我に返った。

自分は警察学校に入って以降は寮暮らし、そこを出てからは独り暮らした。味噌汁を作る習慣など皆無である。慌ててスマホをスウェットのポケットに突っ込み、そうっと居間に繋がる扉を開けた。

途端にゆるりと朝の光が差し込んでくる。目の前が明るい。青ざめた午前の光の中で、少しくたびれているはずの家具も、ラグも、シンプルなカウンターの向こうに設置されたキッチンも、何もかもが真新しく清潔に見える。

ひとりやふたり暮らしにはちょうどいい、リビングダイニングキッチン。

そのキッチンに、ひとりの青年がいた。

水色ストライプのシャツを着て、じいっとコンロを見つめている。朝日がきらりと銀縁眼鏡に反射すると、青年はこちらを向いて微笑んだ。

「よお、津々楽。おはよう。冷蔵庫のもの、勝手に使ったぞ」

「あ……おはよう、ございます。あまさき、さん」

「んん？　なんだなんだ、カミに出会ったような顔だなあ。昨日までの記憶をなくしたか？　だとしたら大変だ。一から十まで俺が適当に説明するから、そのへんに座って朝飯を待ってろよ」

説明される前に、津々楽にはゆるりと記憶が戻る。

この男は、天崎《あまさき》志津也《しづや》。どう見ても十代の学生じみた、百歳超えの老人だ。

（そうだった。昨日から、同居、してるんだった。でも……なんで？）

少し考え込んだものの、上から頼まれたから、以外の理由が出てこない。諸事情あって、今日から一緒に住むことになるとかなんとか、言われたのはそれだけだった。あまりに急な話で、津々楽は細かなことを問いただすよりも現実に追われてしまった。

（これ以上の情報はそもそもないんだから、考えてもしょうがないな）

津々楽は考えるのをすぐに諦め、ふらりと洗面所へ向かった。

「とりあえず、顔、洗います」

「躾《しつけ》がいい子だなあ」

天崎が笑うのを聞きながら、津々楽はトイレに寄ったあと、顔を洗ってスウェットからシャツとスラックスに着替える。鏡で相変わらず隈の目立つ顔を確認して、少しばかり目元を引っ張ってみた。が、そんなことで血行はごまかせない。

諦めてキッチンに向かうと、ストライプの寝間着を着た天崎が吊り戸棚を開けているところだった。

（寝間着のチョイスが、微妙に昭和っぽい）

津々楽が見つめているのも気にならない様子で、天崎は言う。

「なあ、この家、盆がないぞ」

「盆は、ないですね。独り暮らしですし」

「ふーん。ひとりでもあれば便利だと思うけどな。全然客は来ないのか？」

天崎は少々不満げに吊り戸棚を閉じ、今度は炊飯器を開ける。ほかあ、と湯気が上がり、津々楽は天崎が家主である自分に無断で米を炊いたことに気づいた。

（米……ここに越してきてから、炊いたっけ？）

ひょっとしたら、一度も炊いたことがないかもしれない。基本的に、自炊は朝に珈琲を淹れてトーストを焼くくらいのことしかしないのだ。

それにしても、初炊飯が謎の同居人によるものとは想像もしなかった。

複雑な気分で、津々楽は言う。

「お客は来ないです。僕、友達いないので」

「ほお、今時の若者らしいな。味噌汁運んでくれ」

「……はい」

渡されたのは、自分のスープマグと見慣れない朱塗りの椀だった。ちらと見ると、シンクの横には見慣れない渋い焼き物の茶碗もある。どうやら天崎は、自分のぶんの食器は持ってきたらしい。

(本当に明日以降も、このひとと毎日一緒に寝泊まりするのかな。そもそも、僕にそんなことできるのか?)

津々楽は淡い不安をもてあましていた。

警察寮時代は相部屋だったこともある。あのころは、誰とでも一緒に寝泊まりするのが平気だった。けれど最近の一年間は、ずっとひとりでこの部屋にいた。

何もかもがひとりぶんしかない部屋に、数日前に出会った人間を受け入れられるのか。まだ、津々楽にはわからない。

(ダメそうなら、早めに頭を下げるしかない。まずは、どうして同居が必要なのか、事情を聞いて……)

そんなことを考えながら、津々楽はリビングダイニングの小さな正方形の食卓に味噌汁を運んだ。箸《はし》は幸いまったく同じものが何膳かある。食卓に置きっぱなしのシンプルな箸立てから引き抜き、テーブルのあちらとこちら側に置く。

ついでにキッチンに戻って、割れにくいガラスコップをふたつと、二リットルペットボトルの麦茶を出した。普段の朝は珈琲が必須だが、和食に珈琲もないだろう。

天崎は炊飯器の前に立ち、気楽な問いを投げてきた。

「津々楽、飯ってどれくらい食う？　勘で盛っていいか？」

「少なめにしといてください。足りなかったらおかわりするんで」

「合理的だな、そうしよう」

天崎はすぐに納得し、ご飯茶碗をふたつ持ってやってくる。

ことり、と自分の前に置かれた茶碗には、言ったとおりの上品な量がよそわれていた。

続いて天崎は、淡く焼き目のついた出汁《だし》巻き卵とスーパーマーケットで買ったであろう漬物のパックを食卓の中央に置いて席に着いた。

「じゃ、食うか」

「……はい」

津々楽はぎこちなく言い、椅子に座る。天崎は機嫌良く両手を合わせると、

「いただきます」

と言って箸を手にした。

その所作が意外なほどきれいで、津々楽はなんだか不思議な気持ちになる。

天崎は見るからに若く、声は大きく、表情の作り方も派手だ。なのにふとしたときに出る所作が、異様なくらいに洗練されている。まだ体の使い方をしっかり覚えていない十代の所作には、絶対に見えない。

気になるギャップに見入っていると、天崎はくすりと笑って顔を上げる。

「どうした？　俺が毒味するのを待ってるのか？」

「あ、いえ！　すみません。いただきます」

津々楽は慌てて手を合わせ、自分の味噌汁に手をつけた。香ばしく焼いた厚揚げとわかめが入った味噌汁は、案外ボリュームがある。おまけに出汁の具合も味噌の甘みも塩気も、なんとも心地いいあんばいだ。

慣れた味では、けしてない。なのに、心地いい。

少しだけ、肩に入っていた力が抜けた。

「……美味しいですね」

津々楽が正直に言うと、天崎は嬉しそうに破顔した。

「お、口に合ったか。よかった」

「いや、本当に美味しいです。すごいな……。普段から作ってるんですか？」

「そうだな。ヤドカリだから、できることはしてる」

「ヤドカリ」

口の中で繰り返し、津々楽はリビングの隅っこに置かれた三つの段ボール箱を見る。天崎が車で持ってきた荷物は、ボストンバッグと、この段ボール箱だけだ。箱のひとつには薄い布団が入っており、今は箱の上にきちんと畳んで置いてある。

昨日の天崎は津々楽が夕食を済ませたあとに到着し、個室の準備が整っていないと言えば、『ここでいいって』とリビングに布団を敷いて眠ってしまった。あんまりにもためらいと迷いがない流れだった。

「……長いんですか、こういう生活」

思わず、食べながら問いを投げてしまう。

返事はあっさりしていた。

「ヤドカリ生活のことか？　霊感を得たころからだから……終戦近くからだな、多分」

「終戦。って……第二次世界大戦のことでいいです？」

「うん。当時はぎりぎり従軍できるくらいの歳だったんだが、体が弱くてなあ。母と一緒に疎開してたんだ。で、疎開先で霊感に目覚めた」

「学徒出陣に、疎開」

津々楽にとっては完全に歴史の教科書の中の世界だ。それ以上どんな感想を抱いたらいいのかわからないでいると、天崎は茶を飲みながら少し笑う。

「おまえにとってはピンとこないだろうなあ。ま、言ってみりゃ疎開も借り暮らしだ。あのころからずーっとヤドカリなのさ、俺は」

「……大変ですね……でも、ずっとというのは、なんでなんでしょう？」

「んー。俺はカミに目をつけられやすいたちでな。ある程度ランダムで住むところを変えないと、神隠しに遭《あ》うんだよ」

「え」

不意打ちのような話に、津々楽は茶碗から顔を上げた。

天崎は気にせず、出汁巻き卵を一切れ品良く箸でつまんでいる。

津々楽は少し迷ったが、さすがにこの言葉をそのまま流すことはできなかった。

「その。神隠しって、山とかでひとが消える、あれですか」

「うん。昔は遭難も失踪もみんな神隠しだが、実際にカミの関わる神隠しもある。俺も十七のとき、本物の神隠しに遭った。あのときは帰ってこられたが、代償がこれだ」

これ、と言って自分の顔を指さす。

津々楽はゆっくりと目を瞬き、繰り返した。

「……これ。つまり、その……見た目が……?」

「遠慮しないで言っていいぞ。見た目がいつまでもガキなのはそのせいか、って」

「ガキとは思いませんけど、そう、なんですね。そうか……大変だ」

津々楽は呆然と天崎の顔を見つめる。

見た目と経歴のギャップからして、カミがらみの何かでは、と予想しなかったわけではない。わけではないが、彼が背負うものは思ったよりも重かった。

疎開中からずっと見た目に加齢が反映されないのでは、まともな暮らしをするのは難しい。移動し続けないと神隠しに遭う可能性があるというなら、なおさらだ。

（そんなの、あんまりに大変じゃないか）

固まってしまった津々楽をしげしげと見つめ、天崎は言う。

「……なあ、おまえ。そんなに他人に感情移入して、しんどくないのか？　俺はもう慣れてるよ。できれば嫌がらず泊めてくれたら嬉しいけど、それだけだ。あんまり気にするなっ？」

「わかり、ました。いくらでも泊まってください。他に何か、僕が気にするべきことはありますか？」

真剣に尋ねると、今度はくすりと笑われてしまう。

「津々楽が気にすることは……そうだな。表札かな。間違っても、表札に俺の名前は書いてほしくない。カミに嗅ぎつけられるから」

「了解です」

「それと、もうひとつ。俺のことが気に食わなくなったら、早めに係長か神矢に言ってくれ。そうしたらちゃんと次に行く。おまえじゃなきゃ絶対にダメってわけじゃないんだ。

――あ、他に引っ越しても、相棒は解消しないからな。そこは安心しろ」

「はい。努力、します」

津々楽は正直な気持ちを口にする。

ここまで大変な状況のひとを目の前にして、気に食わないとか出ていけとか言える性格はしていない。それでも生活がものすごく合わなくて、ストレスで薬が増えるようなことがあれば、報告するよう努力しなくてはならない。

(今のところは、平気そうだけど)

津々楽は味噌汁に映った自分の顔と見つめあう。

相変わらず隈は酷いけれど、けして悪い表情ではなかった。

静かに滑り込むようにしてやってきた同居人を、自分は許していける。そんな予感が、部屋中にうっすらと満ちているような気がする。

(不思議なひとと出会ってしまったな)

考えながら味噌汁を持ち上げると、ゆらりと液面が揺れて自分の顔が見えなくなった。

そのまま口をつけたとき、ポケットの中で、ぶぶっ、とスマホが震える。

一瞬息が詰まり、動きが止まった。

スマホを、出すか。出さないか。どうせ通知の内容はわかっている。

それに今は、目の前に天崎がいる。

(出さない。見ない。見なくていい。落ち着け。気にするな)

自分に言い聞かせながら、珈琲が欲しい、と思った。

この一年間、この気分を真っ黒な珈琲で鎮めてきた。でも、今日は珈琲がない。

代わりになるかどうかはわからなかったけれど、味噌汁を一口飲む。じわり、と、風味豊かな穏やかな味が染みてくる。

我知らず、安堵《あんど》の息が零れた。

（……大丈夫だ。大丈夫だった）

これなら、天崎におかしなところを見られずに済む。

実際、天崎は何も気づいていない様子で、邪気なく食事を進めていた。

◇

唐突に始まったふたり暮らしは、比較的穏やかに続いていった。

仕事を終えると晩ご飯の予定だけ言いあって解散し、それぞれ外食することもあれば、どちらかが自炊をしてみることもある。天崎は少々古くさいことをのぞけば完璧な料理ができたし、津々楽の簡素で手堅い独り暮らし用手料理もニコニコと完食した。

さらにはその他の雑務もほとんど率先してやってしまうので、津々楽は物置状態だった個室を整頓することに精を出し、ほどなく天崎はそちらで寝泊まりする運びとなった。寝室が分けられてしまえば、あとは寮暮らしと変わらない。

「思ったより、どうにかなってますよね」

合同庁舎の階段を下りながら、津々楽がぼんやりと言う。

横を歩く天崎は、細い体に国交省のジャケットを羽織って、ズボンのポケットに両手を突っ込んだまま答える。

「生活のことか？　仕事のことか？」

「両方です」

「そうだなあ。ま、おまえは両方頑張ってるよ。偉いもんだ」

天崎は朗らかに笑うが、津々楽は釈然としない顔になった。

「頑張ってくれてるのは大体天崎さんです。僕、天崎さんに甘やかされてません？」

「ええ～？　それはしょうがないだろ。ヘタしたら俺の曾孫《ひまご》の歳だぞ？」

「まあ、そうなんだとは思いますが」

納得しがたい様子の津々楽に、天崎はいたずらっぽく笑った。

「安心しろ。次の事案が来たら、たっぷり働いてもらうさ」

次の事案。すなわち、鎮守失敗事案のことだろう。

仕事のことを思うと、津々楽の表情は硬くなる。

港区の金魚事件以降勉強を続けてはいるが、前職とはあまりにも畑違いだ。過去の事件の資料をひもといても、膨大な見知らぬ単語の波に押し流されてしまう。それを調べるために別の資料に当たり、天崎や神矢《かみや》をとっ捕まえ、とやっているうちにあっという間に時間が過ぎていく。

正直、仕事に関してはまだまだ自信など欠片《かけら》もない。

「……頑張ります、としか言えなくてすみません」

津々楽が肩を落として言うと、天崎は機嫌良く倉庫の扉を開いた。

「期待してるぞ！　さて、おはよう、神矢！」

続いて鎮守指導係の扉を開けると、棚の間から神矢が駆け戻ってくるところだった。

「待ってましたよ、おふたりさん。おめでとうございます～」

輝かんばかりの笑顔で言われ、津々楽は嫌な予感に襲われ、天崎は笑顔になった。

「お、新しい事案か？」

「もう、ですか」

津々楽は対照的な不安顔だ。

神矢は両手に抱えた資料を、天崎たちのデスク島にどさどさっとぶちまける。

「今度はうちの醍醐味《だいごみ》が味わえそうな案件ですよ～」

ぶちまけられたものの内容は、地図に、地方の行政資料、工事記録。量に圧倒されそうになるが、資料はないよりあるほうがいい。

津々楽は気合を入れ直し、デスクの端を摑んで身を乗り出した。

「Ｉ県ですか。山のほうの地図ですね」

「行ったことあるのか、津々楽？」

天崎に問われ、津々楽は小さく首を横に振った。

「いえ、まったく……。前職でも、ほとんど都内勤務でしたし」

津々楽の言葉に、天崎は「そりゃそうか」と納得し、神矢はにやりと笑みを深める。

「なるほど、なるほど。もしあなたがこの辺りが管轄だったら、きっと我々を恨《うら》んだと思いますよ～」

「えっ。鎮守指導係をですか？　それとも、国交省？」

「ふふふ。津々楽くん、きみ、こくどうって知ってますかね？」

神矢はあえて問い返す。

津々楽は怪訝な顔になって答えた。

「国道、ですよね。国の道。もちろん、知ってますけど」

「合ってるし、違いますねえ。この場合のこく、は、酷い、の酷です。すなわち！　国道とも思えない細さ、斜度、ずさんな整備具合など、状態の酷い国道、および旧国道のことを、ちまたでは酷道、と言うのです！」

「……悪口じゃないですか、それ」

「きっぱりはっきり悪口です！　わはは！　でもまあ、そういう道があるのも確かですから、認めるしかないですねえ」

妙に楽しそうな神矢を見て、津々楽は途方に暮れる。

相変わらず神矢という男の真意がわからない。わからなくてもいいのかもしれないが、さっぱりわからない神矢と人間離れした天崎と不慣れな自分、という二人だけの部署は少々不安だ。できればそろそろ、係長とやらに戻ってきてもらえないだろうか。

（この調子だと、係長も一筋縄でいかない可能性はあるけど……）

津々楽がぶるりと震える横で、天崎はぺらぺらと資料をめくり始めていた。

「酷い道ができるのにも訳はあるんだよ。何せこの国は平野が少ない。山だらけだろ。山ってのはものすごい自然エネルギーの塊だ。水も流れる、地滑りは起きる、落石がある。なんなら噴火する。ようは強烈なカミの住《す》み処《か》と言っていい」

「言われてみれば……」

津々楽はつぶやき、天崎の資料をのぞき込む。彼が今めくっているのは、ずいぶん古い時代のI県山間部の記録のようだった。山や、林道を写した写真が並び、何やら山の断面図も描かれている。荒々しいモノクロ写真に、津々楽は眉根を寄せた。

「なんででしょう。山って、基本的に静かなところっていうイメージでした。こう、都会の喧噪《けんそう》を避けて遊びに行く場所ですし」

「あはは、ずっとこのデカい都市に住んでたらそうかもな。うるさいのは人間ばかりで、自然は静かっていうイメージなんだろ？　だけど現実はそうじゃない。ほら、これ」

天崎の指先が、とんとんと一枚のモノクロ写真を叩いた。

少し身を乗り出してみて、津々楽はぎょっとする。

「な、なんですか、これ。トンネル？　え？　でも……」

資料の写真は、トンネルの中で撮られたものだ。ヘルメットをかぶった男が背後を眺めており、背後からは——大量の水が、迫っているように見えた。

まるでディザスター映画の一幕めいた写真に、津々楽は顔をしかめる。

「川をぶち抜いたとかなんでしょうか。このひと、このあと無事に逃げられたのかな」

「脱出はできたそうだ。だけど、別に川をぶち抜いたわけじゃない。普通にトンネル掘ったら水が出たんだよ」

「普通に掘っただけで？」

津々楽は信じられない気持ちで聞き返した。何せ写真に写っている水量は半端なものではない。にじみ出すどころか、トンネルの半分ほどを埋めそうな勢いで迫ってきているのだ。

天崎は苦笑する。

「そうか、おまえの世代は井戸とか使わないから、ピンとこないかもな。この国は掘ったら大抵のところで水が出る。地盤調査なんかしてみろ、土や砂利しか出ないところはめったにない。水が豊富な国ってのはそういうことだ」

「そう、そういうことです～」

相づちを打ったのは、体ごと天崎と津々楽の間に割り込んできた神矢だ。

彼は地図の上に指を乗せた。等高線からして急傾斜の山の上だ。神矢はその山を横切るように、骨張った指を滑らせる。

「写真のトンネルは、ここから、ここまで通るはずでした。山越えルートはカーブが多くて大変ですからねえ。ところが、試掘段階で熱湯が噴き出しちゃったわけですよ」

「熱湯⁉ 地面からですか？」

「出ますよぉ、熱湯。つまり、温泉です」

言われてみれば、確かに温泉は地面から噴き出る熱湯だ。

津々楽はあっけにとられて、何度か目を瞬いた。

「温泉か……確かに、温泉は地面から出る熱湯だ。なんで繋がらなかったんだろ」

「やっぱり都会育ちなせいですかね？ この業界ではよくある話なんですよ。開発が温泉に阻《はば》まれるってこと。このトンネルも、試掘段階で計画が頓挫《とんざ》。結局、山越えルートの道を造り直すことになりました。それが、これです」

神矢の指が再び滑り、山の上のぐねぐねと曲がった道を押さえる。

これが正確な地図なら絶対に車で行きたくない——と思うような、つづら折りの急カーブだらけの道だ。

「ここが今回問題になってる『酷道』……酷いほうの道だっていうわけだな？」

天崎が神矢に確認し、津々楽がうめく。

「よっぽどドライビングテクニックに自信があるのでないかぎり、行きたくないところですね」

「ふふふ。お気持ちお察しします。とはいえ、地元の方々にとっては大事なライフラインです。路線バスも通ってますよぉ」

「こ、この道に、バスですか？　地図からすると道幅も相当狭そうですけど」

津々楽は道の様子を想像して、こくりと唾を飲んだ。

神矢はどこか歌うように続ける。

「バス会社さんは厳密なルールを作り、訓練を積み重ね、安全に努めてきました。ですがここ最近事故が頻発してまして。その経緯がちょっと妙なんです」

「妙。どんなふうに妙なんでしょう？」

津々楽の問いを受け、神矢は、くい、と何かを飲むようなジェスチャーをした。

「……飲酒運転？」

津々楽が所作から連想したことを言うと、神矢はにや、と笑った。

「そう思うでしょう〜。でもね、それだけだとうちに話は回ってこないんです。現場から上がってきた報告は『バスに見知らぬ酔っ払い客が乗ってくる。直後、運転手は意識朦朧《もうろう》となり、ハンドル操作を誤って脱輪や接触事故を起こす』だそうですよ。これが先月は三回にわたって起きているらしいんです」

「酔っ払い客と、運転手の意識朦朧……そこに何か、関係性があるってことですか」

繰り返しながらも自信が持てず、津々楽は神矢と天崎の顔を見比べた。

天崎は津々楽に笑いかけ、浅くうなずく。

「あってもおかしくないってことだ。そもそもこんな土地だ、バスに見知らぬ客が乗ってくること自体も少ないだろう。あげく酔客なんてな。都会の繁華街近くじゃあるまいし、その時点で不自然だよ」

「じゃあ、その、酔客が怪しい？　カミに影響を受けてるひとだったり、もしくは、カミそのものだったりってことも、あり得るんですか……？」

自然のエネルギーがカミならば、それがひとの形なのは少し不思議だ。とはいえ、読み込んだ資料の中にはひとの姿を取ったカミの事例も多く紹介されていた。

津々楽の問いに、天崎は少し嬉しそうな顔をして答える。

「ああ。カミを鎮めるために、酒を使う儀式は多い。民間信仰では、カミを『もてなしてやり過ごす』って思想も多いからな。もてなしには酒と食い物だ。その酔客はどこかでもてなされたカミなのかもしれないし、もてなしを要求しているのかもしれない。はたまた、蔓延《まんえん》した噂《うわさ》や都市伝説に影響されて姿を変えている可能性もある」

そして一度言葉を切り、地図の表面を指で弾いた。

「ま、あとは現地調査してみないとなんともわからん。周囲の現状、鎮守の様子なんかを確かめ、聞き込みもやったうえで判断しよう」

「了解です」

新たな現地調査の予定に、津々楽は緊張して答える。

天崎は手早く地図を畳みながら、神矢に聞いた。

「この案件、今日から行っていいのか？」

「はい。メンバーも揃ってますし、これもありますし、いつでもどうぞ～」

神矢はうなずき、これ、と言って自分の机上から古い桐箱を持ってきた。経年で色が濃くなった古い桐箱には、確かな見覚えがある。

津々楽は思わず顔を引きつらせた。

「また、これを持っていくんですね……」

「大丈夫、前回もちゃんと使えてた！　才能あるぞ！」

天崎は明るく元気づけてくれるが、津々楽としては安心できない。

これを持っていく、すなわち、今回も前回と同じようなカミとの対決が見込まれているという意味だからだ。カミとの駆け引きが鎮守指導係の仕事、と言われればそのとおり。

とはいえあんな経験は、一度や二度では慣れられない。

しかもこの箱の中身は、なぜカミに干渉できるのかが一切わからない謎の人形だ。

淡い恐怖を感じている津々楽に、神矢は追い打ちをかけるように告げた。

「一週間くらいで片付いたらいいですね～。初出張、おめでとうございます！」

「おめ、おめでとうって、えっ、一週間⁉」

思ったより大分長いんですけど、などと口に出す前に、天崎が元気に言う。

「そうと決まったら準備だな、津々楽！　あのへん、宿泊施設ないかもしれないから、気合入れろ！」

「宿泊施設が、ない⁉　気合でどうにかなりますか、それ⁉」

「少なくとも、気合がないとつらいと思う！　頑張ろうなっ」

「っ……！」

天崎にばしんと背中を叩かれ、少年の面影が残る顔で笑われると、津々楽は言葉に詰まってしまう。

かくしてふたりの酷道出張は始まった。

◇

「いやあ、本日はわざわざご足労いただき、ありがとうございました。I県T市役所、道路部の飯田《いいだ》です」

「国交省、水管理・国土保全局、鎮守指導係の天崎だ」

「津々楽です。どうぞよろしくお願い致します」

　翌日の午前十時。

　I県T駅前のロータリーに駐《と》まった白いバンの中で、事務的な挨拶が飛び交う。

　運転席に座っている男性が、この周辺を管轄とする市役所道路部の飯田。後部座席に、鎮守指導係の津々楽と天崎が乗っている。

　飯田は下腹部が重たそうな中年の体を揺すりながら、シートベルトを締めた。

「では、早速ですが出発しましょう。市役所に行ってから、現地へ向かう予定です」

「わかった、よろしく頼むぞ！」

　天崎が鷹揚《おうよう》に言うと、バックミラーに映る飯田は少し不思議そうな顔になった。

　それはそうだろう、飯田は見るからに四十代半ばの男。対して天崎は、相変わらず十代の青年にしか見えないのだから。

（とはいえ、突然年齢の話をするわけにもいかないし……僕が出るしかないな）

「……あの。今回、ご報告いただいたのは飯田さんでよろしいんでしょうか」

　場の微妙な空気をどうにかしようと、津々楽は人好きのする笑顔を作った。

　学生時代から社会人になっても、様々なことを乗り切ってきた笑顔である。

　飯田はちらりと運転席から津々楽の顔を見やり、つられたように笑顔になった。

「ええ、わたしです。正直、その、こういう話をどこに持っていけばいいのかわかりませんで。迷っていたところ、ダム建設のときに神社の移転の件でそちらにお世話になった記録が出てきたんです」

「神社の移転は確かにうちの管轄ですね。参考までに、何年前くらいのお話です？」

「えー、かれこれ、三十年くらいですかね？」

なるほど、それは当時を知る人間は現場にいないだろう。記録をたどるしか、鎮守指導係に行き着くルートはなかったわけだ。

（だけど、こっちは……）

ひょっとしたら、三十年前と同じメンバーがいるのかもしれない。

ちら、と隣を見ると、天崎は元気に飯田に話しかけている。

「見つけてもらって何よりだった。表だって活動してるわけでも、何か発信してるわけでもないからな、俺たちは。なあ津々楽、いっそ俺たちも、活動内容を広報誌にでもまとめるのはどうだ？」

「どうだ、って……僕らしかまともに稼働してない部署ですよ？　そんな暇はないんじゃないですか？　神矢さんがやるとかなら止めませんが」

本気具合を図りかねて返す津々楽に、天崎はにこにこと笑いかけた。

「確かにそうだが、神矢にやらせたら一般人には一切読めないものができるぞ。常識的なことは、津々楽、絶対おまえのほうが上手い」

「常識担当だったんですか、僕は」

「知らなかったのか？」

「……知ってたかもしれません」

津々楽がため息交じりに言い、天崎はくすくすと笑う。

そんな二人の様子をうかがいつつ、飯田が探るように声をかけてきた。

「いやー、しかし、おふたりともお若いですね。配属されてすぐですか？」

「こっちはな」

と、天崎は津々楽を親指で示す。

「なるほど……？　えっ？」

飯田は惰性《だせい》でうなずいてから、ミラーに映る津々楽と天崎を見比べているようだった。

ここはとっとと話を逸《そ》らすしかないと見て、津々楽は声を大きくする。

「あの、事件が起こった道って、駅からどれくらいかかるんでしょう？」

「あ、区役所より先に、現場に向かったほうがいいでしょうかね？」

気を遣う飯田に、津々楽は答えた。

「ええっと、あらかじめ話が行っているとは思うんですが、調査には少しお時間をいただくかもしれないんです。毎回送迎してもらうわけにはいきません。今回も、車さえ貸してもらえれば、区役所から自分たちで向かうのでも大丈夫です」

「なるほど。あの……失礼ですが、運転、得意です？」

飯田の声が探るような声音になったので、津々楽は小首をかしげた。

「普通くらいでしょうか」

「俺はまあまあ得意だぞ。警察に止められなければな」

天崎は相変わらず、要らないことを言ってにこにこしている。

これに突っ込まれたらどうしよう、と津々楽は首を縮めたが、飯田はまっすぐ前を見てハンドルを握り直した。

「……よし。やっぱり先に現場を見ましょう。最初はわたしがご案内します。それで行けそうかどうか見ていただくという形で。ちょっと、独特な道ですから」

「独特、ですか」

津々楽が小声でつぶやくうちにも、車はのどかな郊外の景色の真ん中を走っていく。段々と田畑が多くなり、眼前に緑の山が近づいてきた。

津々楽は足元に置いたリュックサックの中の箱を、なんとなく意識する。

（山は自然のエネルギーの塊……カミの住み処、か）

そう知っただけで今までとは山を見る目が変わった気がする。

緑だから心が落ち着くだとか、ひとがいないから静かだとか、そんな印象はなくなってしまった。初夏の萌《も》え立つ緑はどこか炎のような激しさを孕《はら》んでいるし、無数の生命を含んだ山からはうるさいくらいのエネルギーがはみ出している。

そんなことを考えているうちに、車は山道に入った。

「……すごい斜度ですね」

がくんとシートに押しつけられるような感覚に、津々楽は感想を口に出す。

飯田は何が面白いのか小さく笑い、ハンドルを操作した。

「まだまだ、これから先ですよ」

(これくらいなら、ＳＵＶを使えば僕でも運転できそうだけど)

津々楽はしばらくそんな気分でいたが、やがてその余裕は吹っ飛んだ。

「いいっ……？」

思わず妙な声が出る。不安になるくらいの斜度の道が目の前で急カーブした。道の先が見えない恐怖に腹がひゅっと冷え、カーブで左右にぶんぶん体が振り回される。

右、左、右、さらに左。

つづら折りの道はどこまでも続き、ほとんどサーキットのようだ。

どちらかといえば慎重派に見える飯田なのに、ハンドルさばきはかなり過激で、それでいて確信に満ちている。市役所御用達《ごようたし》の軽バンが華麗にカーブをクリアしていくさまは気持ちがいいが、自分でやれと言われたらまったく自信がない。

（無理かも。っていうか、嫌かも）

津々楽は真っ青になって、揺れに身を任せるしかなくなった。

斜度も嫌だし、急カーブも嫌だし、周囲の車がかなりのスピードなのも嫌だ。できることなら運転したくない道だった。

「あはははは、すごいすごい、さすが酷道だ！」

天崎は一体何が面白いのか、隣でけらけらと笑い続けている。

そんな彼に、飯田はなぜか不敵に笑う。

「そろそろ現場の魔のカーブです。ちなみに、ちょっと変わったものが見えますよ。ほら、前見て！」

「前……」

津々楽は体に食い込むシートベルトにしがみつきつつ、前方に目をこらす。

上り坂の果てにちらりと見える看板は、色あせているが元は真っ赤だったのだろう。白抜きで、皿を持った豚の絵が描かれていた。皿の上にはトンカツらしきものが載っかっており、その下にはレトロな書体で店名が書かれている。

津々楽は微妙な顔でそれを読み上げた。

「ええと……トンカツサウナ……？」

「なんだ、そりゃ。飯屋なのか、風呂屋なのか、どっちだ？」

天崎も妙な顔になって、視線の先の看板を見やる。

ぐんぐん近づいてくる看板は、かなり巨大なものだった。こんな山の中にはふさわしくない規模の看板の下に、これまた巨大なコンクリートの建物が姿を現す。

同時にぐうっと車が急カーブを曲がり、津々楽はひやりとした。

視界の端に、ひしゃげたガードレールが見える。

(ここか。バス事故が頻発してるのは)

飯田は華麗なハンドルさばきでカーブを曲がりきり、一息ついて言った。

「気になりますよね、トンカツサウナ。でも、初見のときにそんなことを考えていたら、このカーブを曲がり損ねます。ここが魔のカーブと言われるゆえんです」

「い、いや、だったらあの看板、どうにかできないんですか?」

津々楽は思わず突っ込んでしまったが、飯田はきっぱりと返す。

「できません。何せ、持ち主と連絡がつかないものですから」

「それにしたって……」

危険すぎませんか、と津々楽が言う前に、飯田はトンカツサウナの敷地内に入り込む形で車を駐めた。

「本当は無断で車を駐めるのもよくはないんですが、調査のためです。少し目をつぶってもらうことにして、降りてみましょう」

飯田にそう勧められ、津々楽と天崎は車を降りた。

割れたコンクリートの上に足を下ろすと、山の空気がすうっと肺に入ってきた。見た目は都会の廃墟とさして違わないのに、ここはやはり山の上なのだ。初夏とは思えない涼しい風に髪を揺らし、津々楽は勢いよく雑草が生い茂った敷地内を眺める。

「かなり、大規模な店、だったんですね」

過去形なのは、それが廃墟だったからだ。

低い石積みの塀に囲まれた建築物。コンクリートむき出しの簡素な三階建ての建物にはスプレーの落書きが目立ち、窓はすべて段ボールが貼られているか、ガラスが割れたままになっている。建物の入り口は金網で塞《ふさ》がれ、看板の豚には錆《さ》び色の雨だれの跡が、涙のようにくっついていた。

(よくないな。廃墟は犯罪を呼ぶ)

しかもこれだけ街と離れた山の中となれば、なおさらだ。看板のせいで事故が多発するだけでもまずいが、それ以上のまずいことも起こっていそうな気配がびんびんした。

津々楽は足下に視線を落とす。

「状態からして、侵入者が多そうだ。しかもこのへん……」

靴の裏で雑草に浸食されたコンクリートをこすると、じゃりり、と独特な感触が伝わってきた。もう少し詳しく見ようとしゃがみ込めば、青々とした雑草の間に、きらりと金属の何かが光っている。

「……粉々になった色ガラス片と、何かの部品が点在してますね。自動車やバイクが落としたものだろうな」

津々楽の言葉に、飯田は、ほう、とあからさまに感心した声を出した。

「めざといですね」

天崎は津々楽の隣にちょこんとしゃがみ込むと、同じ目線で辺りを見渡す。

「魔のカーブで事故を起こした車両の部品か？」

「多分。それと、車がこの廃墟に集合してる可能性もあると思います。ここまでの道、サーキットみたいだったじゃないですか。絶対、峠《とうげ》を攻めるみたいな連中が集まってると思うんです。あっちこっちで傷つきながらここで集合するから、部品が落ちる。……飯田さん、どうでしょう。そういうこと、あります？」

しゃがみ込んだまま見上げると、飯田はうなずいた。

「ありますよ。夜中になると、どうしても集まってきちゃいます。警察も頑張ってくれてはいるんですけど、根こそぎ逮捕っていうわけにはいかなくて。夜中のこの道は、できれば警官だって運転したくないでしょうしねえ」

「それはそうです、かなり嫌です」

津々楽は即答し、もう一度トンカツサウナの廃墟を眺める。

「あと……この、トンカツサウナが廃墟になったのって、割と最近じゃないですか？」

「えっ。なんでわかりました？」

飯田は眼鏡の奥で目を瞠り、ますます珍しいものを見る顔になって津々楽を見た。

津々楽は居心地の悪い気分で、あはは、と笑う。

「前職で、色々ありまして。この廃墟、落書きの流行が若いなと思ったんですよ。ここ数年の落書きしかなさそうだなって」

「はあ、そんなことから！　当たりです。古そうに見えますけど、ほんの五年前に休業して、そのまま権利者が行方不明になった施設なんですよ。トンカツ美味かったんですけどねえ」

（来てたのか、このひと）

津々楽は飯田に詳細を聞きそうになったが、その前に天崎が立ち上がった。

「なあ。ちょっと今から、この辺りを調べてみてもいいか？」

振り返って言う天崎に、飯田はうなずく。

「もちろんです。魔のカーブ辺りは徒歩で行くのはちょっと危険ですが、この廃墟から全景は見えますから。お好きなように調査していってください」

「了解した。恩に着るよ」

天崎はにこっと笑って言い、ずかずかと廃墟の敷地内へ入っていく。ひしゃげた金網に歩み寄って下部に開いた穴を見つけ、ためらいなく中へ体を押し込んだ。

（不法侵入……）

津々楽はちらと飯田を振り返るが、彼はわざとらしく遠くへ視線をやっている。

黙認ということだな、と思いながら、津々楽は長身の背を丸めて、天崎の後に続いた。

天崎は雑草を漕《こ》いで廃墟の敷地の端まで行って立ち止まる。そこには腰くらいの高さの塀があり、塀の向こうは境界のフェンスだ。

天崎は指先で石積みの塀をつつきながら言う。

「見ろよ、津々楽。この塀、砕けた瓦《かわら》とか入ってるぞ」

「変わってますね。廃材を使ってる？」

「個性派のオーナーだったみたいだな。で、この塀の向こうが、魔のカーブだ」

「はい。……見るからに、酷いですね」

塀の向こうを見る天崎の隣に並んで、津々楽もうねる道を見下ろした。

崖下に見えるカーブはほとんど直角に近い角度があり、ひしゃげたガードレールの向こうも切り立った崖だ。道幅も充分とは言いがたく、バスなら少しハンドルさばきを間違っただけでガードレールにこすってしまう。

下手したら脱輪。最悪、転落事故の可能性さえある。

「……道をこれ以上広げられないなら、車両規制が必要なんじゃないでしょうか。こんなの、カミがいてもいなくても事故は起こりますよ」

ぼやく津々楽だが、天崎は細い腰に手を置いて津々楽を見上げてくる。

「少し想像してみろ、津々楽。トンネルも通らなかった山なんだ。電車じゃものすごく大回りになる。となれば、自家用車を運転できない子供や老人の足はどうなる？」

「それは……」

「危険でもここをバスが走り続けるのは、需要があるからだよ」

優しく教え諭《さと》すように言われてしまい、津々楽は淡い後悔を胸に抱えた。

「そう、ですね。軽はずみでした」

「別にいいさ。思ったところを全部言ってもらえたほうが、俺は嬉しい。もちろん、事故が起こらないためにはハード面を整えるのが一番だ。で、俺たちのやってることもハード面を整える仕事だよ」

言われてみれば、そのとおりなのだった。ここでの事故がカミに関わるかどうかを調べ、対策すること。それもまた道路の補修工事と似たようなもの。

津々楽は小さく息を吐き、軽く拳を握る。

「わかりました。集中します。この場所からカミの脅威を取り除く……」

「いいぞ、頼もしいな。さて、さっそくだけど——この魔のカーブ。津々楽としては、何かカミ的な気配は感じるか？」

「それなんですが……」

天崎に言われて、津々楽はもう一度魔のカーブに視線を落とす。

いかにも禍々《まがまが》しい酷道の景色だが、霊感に訴えかけてくるかと言われたらそうでもない。

なんとなく、ちらちらとひとの列が見えたような気がしたり、バスの幻影が見えるような気がしたりしないでもないが、はっきりした像を結ぶほどではない。

「正直、あまりピンときません」

「おまえもそうか。実は、俺もなんだ」

天崎は腕を組んで考え込み、ふむ、と首をひねった。

ちょうどそのとき、飯田がバンのところから声をかけてくる。

「おふたりとも、どうですか？　魔のカーブの様子はご覧になれました？　そろそろいったん、役所のほうに行きます？」

「悪いな、もうちょっと待ってくれ」

天崎がとりあえず返事をし、津々楽に視線を投げた。

「あんまり長時間車を駐めておくのも問題なんだろうし、目視で確認できるところだけ確認したら、役所でこの周辺の資料を見せてもらったほうがいいかもしれないな」

「そうですね……このへん、トンカツサウナ以外の店がさっぱりない。これじゃ、聞き込みも何もしようがない。霊感と、あとは資料頼りになりそうです」

津々楽も同意し、最後に辺りをもう一度見渡す。

と、トンカツサウナの建物内に、ちらりと何かが見えた気がした。

なけなしのロープが張られ、『立ち入り禁止』の札が下がった入り口のすぐ向こう。

誰かがたたずんでいる、気がする。

(……ひと？ 不法侵入者か？)

気になって目をこらすが、廃墟の中はひどく暗く、はっきりしなかった。

「よし、行こうか」

「あ、はい」

天崎は一声かけて、車のほうへ歩いていってしまう。

津々楽も従おうとしたのだが、どうしても後ろ髪を引かれた。

建物内の人影が不法侵入者だとしたら問題だし、ひょっとしたら——自殺をしに来た者かもしれない。廃墟にはありとあらゆるトラブルが集まるものなのだ。

(確認、するだけして行こう)

入り口から中をのぞくくらいなら、大した時間はかからない。

津々楽は足早にトンカツサウナの建物に歩み寄った。背の高い雑草がざわめき、足元が少々じゃりっとする。この感触は、ガラスではなく砂利か、コンクリート滓《かす》のような気がする。

（車、ここまで飛び込んできたのかな）

そう思った瞬間、目の前がぐらり、と揺らぐ。

（えっ。めまい？　車酔いとかか？）

急なことに、足を踏ん張った。

しかし足下がふわふわしてしまい、きちんと踏ん張れたような気がしない。世界がゆがむ。目の前の廃墟がゆがむ。まるでとろとろに溶けていくかのようだ。トンカツサウナの豚がぐんにゃりと蕩《とろ》けだし、周囲にきらきらと星が飛ぶ。

妙に心が軽くなり、津々楽はうっすらと笑った。

楽しい。明るい。気持ちが、いい。

いつしか、トンカツサウナの廃墟はぴかぴかに輝いていた。

らくがきは跡形もなく、建物の中からは、わはははは、と、ひっきりなしに笑い声が響いてくる。窓辺にはすだれが揺れ、浴衣姿の男がうちわを使っているのがちらりと見えた。

うっすらと漂ってくる、揚げ油の匂い。

あまりにも陽気な、往時の姿。

（盛り上がってるな。俺も、行きたい）

浮き立った津々楽の足は、自然と前に出た。

わはは、あはははは、と宴会客の笑い声は響き続け、誰かが窓辺で身をよじる。津々楽のほうを見て、おいで、おいでと、大きなジェスチャーで呼んでいる。その片手には、ビールジョッキが握られていた。

（美味そう。そういえば、喉が渇いた……）

一度気づくと、喉の渇きが妙に気になる。からからに乾いた喉がべったりと塞がってしまうような気になって、津々楽は自分の喉を撫でた。

（何か飲みたい。……飲みたい。飲みたい。どうしても、飲みたい）

できれば美味しい水を、甘露《かんろ》を、芳醇な日本酒でも、麦芽が香るビールでも、煙たいウイスキーでもいい。多分、あそこまで行けば分けてもらえる。

あの、誰かが手招きしている窓辺まで――。

「津々楽！」

ぱんっ、という柏手の音と同時に、美しいテノールが津々楽を呼んだ。

途端に目の前の景色がシャボン玉みたいに弾けて、消える。

視界がみるみる鮮やかさをなくし、津々楽の目の前には灰色の廃墟の景色が戻ってきた。

酔客の姿なんかもちろんないし、匂いは緑と、淡い排気ガスのものだけだ。

津々楽は目を瞠ったまま、何度か意識的に呼吸をし、音のしたほうを見る。

少し離れたところで、天崎がじっとこちらを見ていた。

その後ろには、バンのそばを離れず心配そうに様子をうかがう飯田の姿もある。

「天崎さん、僕……」

津々楽が天崎に視線を据えて声を出すと、天崎はすぐに破顔した。

「戻ってくるのが早くなったじゃないか。やっぱりおまえは向いてるな」

「戻ってくるって……今の、やっぱり、『そう』でしたか？」

「迂遠《うえん》な言い方をするなあ。今きみ、霊感に呑まれてただろ？　このへんで、カミの気配がしたんじゃないのか？」

津々楽はうなずき、おそるおそる周囲を見渡す。

「多分、カミだったと思います。あの、地下の金魚のときと同じ、感じでした。天崎さんには見えませんでした……？」

「感じたが、具体的に『見る』力はおまえのほうが強そうだ。今回は何が見えた？」

歩み寄ってくる天崎に問われ、津々楽は自分の見たものをそのまま説明する。

廃墟の往時の姿、酒盛りをする人々、食べ物の匂い、喉の渇き。

水、もしくは酒が異様に飲みたくなったことも。

天崎は腕を組み、なるほどな、とつぶやく。

「やはり酒が事案の中心にあると思って間違いない。しかしまあ、ずいぶんと現世とごっちゃになった霊視だなあ」

「現世とごっちゃ……。あの、みんなこういうふうにカミがらみの場所が見えるわけじゃないんですか？」

おそるおそる問うてみると、天崎は微笑んでうなずいた。

「ああ。受け取ったカミの残留エネルギーをそれぞれの人間が認識する段階で、個体差は大きくなる。その誤差を減らすためにはある程度マニュアル化された訓練が必要だ。神社本庁なんかではそういうこともやってるようだが、津々楽は天然だろう？　多分、無防備になんでもかんでも受け取って、入り込んでるんじゃないかな」

「入り込む？　どこに、どう入るんです？」

「入り込むというか、入れ込むというか……きみのやり方は、ちょっとカミと同化しているようなところがあるんだよなあ」

「カミと、同化⁉　僕が⁉」

細やかなニュアンスはわからないまでも、あんなとんでもない存在と同化していると言われれば不安にはなる。

「だ、大丈夫なんですか、それ……」

すがるように問うた津々楽に対し、天崎はあっさり言った。

「引っ張られやすいのは確かだが、俺がそばにいるかぎりは平気だろ。調査のときも、家でも、基本一緒だし、安全だと思うぞ」

「それはありがたいですけど……一生この仕事をするわけでもないでしょうし……」

「続けてりゃ、いつかは自分でコントロールを覚えられるって。俺だっておまえより先に死ぬ可能性はあるわけだし、一生守ってやるわけにもいかないからなあ」

天崎は笑いながらトンカツサウナ入り口近くにしゃがみ込み、ふと、顔から笑みを抜く。

眼鏡の奥で切れ長の目が細められると、どこか近寄りがたい雰囲気が彼を包んだ。

視界の真ん中で天崎の姿がぶわりとにじんだ気がして、津々楽は目をこらす。

(なんだ？　今の)

さっき、カミの気配を感じたときみたいだ。

そう思った次の瞬間、天崎が明るい声を出す。

「あったぞ、津々楽！　見てみろよ」

天崎がかき分けた雑草の間に、真っ二つになった石柱が転がっている。

全長四十センチほどの、角の取れた古いものだ。

廃墟の中に放っておかれたら、他のコンクリート片と交じって見分けがつかなくなってしまう。

「それは、一体……？　目印の石とか、それっぽいですが」

津々楽は身を乗り出して、改めてその石を見つめた。

すると再び視界が揺らぎそうになり、慌ててぎゅっと目を閉じる。

まぶたの裏の闇の中、天崎は楽しそうに告げた。

「目印の石っていうのは間違っちゃいない。こいつは、塞《さい》ノ神《かみ》だよ」

◇

「石を積むというのは、大昔からあるカミを鎮める方法のひとつだ。賽《さい》の河原《かわら》って知ってるか？」

「三途《さんず》の川《かわ》の河原のことですよね」

「正解」

魔のカーブでの調査を一度中断した津々楽と天崎は、市役所の小さな会議室にこもっていた。目の前には山盛りの資料が積まれ、津々楽はさっきから必死にそれをひっくり返している。

天崎はホワイトボードを前に、ペンで簡略化された山の形と、川の形を描いた。

「この川が三途の川だと思ってくれ。で、ここが賽の河原な。こう、いっぱい石が積んである」

「ええと、なんでしたっけ。賽の河原の石を積む話。こう、子供たちが、ひとつ、積んでは親のため……みたいな？」

「ああ、あれは後付けの仏教説話だから気にするな」

「えっ。そうなんですか？」

津々楽がびっくりして聞くと、天崎はうなずきながらペンを走らせた。

ホワイトボードに描かれた山の向こうに彼《あ》の世、こちら側の平地に此《こ》の世、と書き込む。川も同様だ。河原に此の世、川の向こうに彼の世、と書き込む。

「カミは色んな説話と融合して形を変えるから、必ずしも説話を無視できるわけじゃないんだが、今回は無視していい。仏教より前からこの国にあった感覚を優先しよう。あちらとこちら、彼の世と此の世、他界と此の世という感覚だ。この国にあった『死後の世界』の思想ってのは、いわゆる、天国や地獄に分かれていない。死んだ人間は、ここからはいなくなってあっちへ行くよ、だから会えなくなるよ――くらいの感覚だったわけだな。そしてその世界を隔てるものは、山であったり、川であったりした」

ペンが、きゅっきゅと音を立てて山と川に丸をつける。

津々楽は資料の山に顎を乗せ、しげしげとホワイトボードを見つめた。

「なんだか、普通に昔の国境ですよね、その分け方って」

「せいぜい別の国くらいの感覚だったんだろうな、死後の世界も。で、この境界線が国境だとすると、何が必要になる？」

津々楽は少し考え込んでから、おそるおそる当然のことを言う。

「国境の基準になるもの、じゃないですか。基準点みたいなやつ。もしくは、ここからはどこの国、っていう、看板的な？」

「それだ。それが、塞ノ神」

びしっとペンで顔を指さされてしまい、津々楽は微妙な顔になる。

「えっ。一気にわからなくなったんですけど！」

「わざと論理を飛躍させたからな、それはそうだろう」

「天崎さん……」

「睨むなよ。説明するって」

天崎は笑い、ホワイトボードの賽の河原に石積みを描き、山の麓《ふもと》にも石碑らしきものを描いた。

「さて、ここが彼の世と此の世の国境線だったとして、まずは印が必要だ。ここからは生者の住む場所である、と看板を立てる。これって、誰に対してだ？」

「それは……」

答えようとして、津々楽は眉間《みけん》に皺を寄せた。

「……向こう側の住人、ですか？　つまり……彼の世の」

「わかってるじゃないか。そういうことだ。彼の世と此の世の境界線に置かれる石造りの鎮守ツールは、外からの災いを防ぐ目的を担っていることが多い。賽の河原の賽は、サイコロの賽だが……これは実は、こっちの塞」

独特な音を立てながら、天崎のペンが大きく塞の字を書いて、丸をつける。

「こっちの漢字が正しいんじゃないか、という説がある。こいつの意味は、国境の小さな城。外敵の侵入を防ぐ砦《とりで》、という意味だ。この説が正しいとすると、賽の河原は、彼の世から此の世を防衛する拠点だ。そして塞ノ神は、こっちの塞の字なんだよ」

ぐりぐりぐり、といくつも漢字の上に丸がついていくのを眺めて、津々楽は納得のため息をついた。

「なるほど……。なら、あのトンカツサウナにあった石も、彼の世から此の世を防衛するための拠点だったんですね」

「まあ、かつての住人からしたら、村境にあってあらゆる災いから自分たちを守ってくれるもの、って感じだったんだろうな」

天崎は言い、ペンを置いて会議室のパイプ椅子に座る。

そのままぺらぺらと資料をめくり、話を続けた。

「資料によると、意外と最近まであのへんには集落が残っていた。路線バスが通っている理由のひとつでもあったんだろうな。少なくともトンカツサウナが建つまで、細々とだが、あそこには村らしきものがあった」

「塞ノ神は、その村を守っていたわけですか」

「そう。だが、時代だな。自然と村は過疎化し、大手トンカツチェーンがあのへんを買い取ったころには、空き家がいくつか残っているだけだったみたいだ」

ぺらり、とめくって出てきたのは、古い新聞記事だ。そこには魔のカーブ近くの村の消滅と、跡地に建つ飲食温浴施設について書かれている。

「村を守るという役割を持たされ、石碑で鎮守されたカミ――塞ノ神は、村があるうちは問題なく機能していた。そしてなんだかよくわからんが、トンカツサウナが元気だったころも、ぎりぎり悪さはしなかったんだろうな」

「……何か、真面目に儀式でもしてたんですかね、トンカツサウナ」

津々楽は廃墟を思い出しながら言う。

塞ノ神の石碑は、トンカツサウナの入り口にまるで装飾品のようにたたずんでいた。元から建っていたものを利用しただけかもしれないが、あれはあれで鎮守がなされていたのだろう。

天崎は昔の住宅地図などを引き比べながら答える。

「少なくとも、境界上にはあったよな、塞ノ神。最後に残った店と、外との境界」

「確かに。けれどその店も閉まり、ついには廃墟に突っ込んだやんちゃな車のせいで石碑が破壊された、ってことですかね」

「ああ。石碑の損壊が決定打になり、村を守る役割を与えられていたカミが解き放たれ、荒魂化して暴れている――というのが今回の事案だ。魔のカーブの事故も、塞ノ神の鎮守失敗に巻き込まれたものだろうな」

天崎の話を聞きながら、津々楽は考え込む。

路傍にある石碑、とだけ思うと大した力はなさそうだが、その由来を聞いた今は印象が違う。塞ノ神が国境警備隊のようなものだとしたら、かなり攻撃的な性格をしていてもおかしくはなさそうだ。

「だったら、あそこに塞ノ神を建て直せば、事故もなくなってめでたしめでたし、なんでしょうか。……いや、ダメだな。そもそも鎮守する住人がいませんね、あそこ」

(だったら市役所の人間を派遣して……っていうわけにもいかないか)

会議室の薄っぺらな扉の向こうでは、様々な業務に最低人数で当たっている職員たちの姿がある。それにあのつづら折りの道を、鎮守のためだけに往復するのは大変な労力だろう。そこまで考えて、津々楽はゆるりと瞬きをした。

(あれ……？　これって、今からどんどん起きてくる問題なんじゃないのか？)

この国は長いこと人口減少を続けている。地方に残る者は少なく、過疎化する村々はどんどん廃村の憂き目に遭う。それらの村々には、塞ノ神のような、鎮守し続けなければいけないカミがいるのではないだろうか。

(だとしたら、これから鎮守失敗事案は多くなる一方だ。それってつまり、自然エネルギーが暴走するって話だから……)

この災害大国日本で、ますます災害が凶悪化するという話なのかもしれない。

ひやり、とする津々楽の目の前で、天崎は資料をとんとんと指で叩いた。

「そこだよな。塞ノ神は村境を守るためにあったのに、ここにはもう、村はない。トンカツサクウナだってない」

「どうすればいいんでしょう？　今後も同じような問題って出ますよね？」

身を乗り出した津々楽に、天崎は穏やかに笑いかける。

「おっ、先のことまで気が回るようになってきたか。いいぞ、津々楽。ま、人口減少は今に始まった問題じゃない。俺たちにもこういう場合の方策はある。引っ越しだよ」

「引っ越し……ええと、誰が引っ越すんですか。過疎地への強制移住とかは、さすがにできないでしょうし……」

「違う違う。引っ越しさせるのは、カミのほうだ」

天崎はこともなげに言うが、津々楽はびっくりして目を見開いてしまった。

「カミの引っ越し!?　そんなことできるんですか」

「できるさ。この間の港区の事案だって、屋敷神の引っ越し後のトラブル処理だろ？　あれは民間が引っ越し作業をやって失敗した事案だが、俺たちが出張って引っ越しをさせる場合もちょいちょいある。ダムなんかが造られるときが顕著だな。社や境界石の類《たぐ》いを正しく引っ越しさせる。住民に合わせて移動させるときも、地形に合わせて移動させることもある」

「なるほど……。あれっ、ひょっとして、それでうちって水管理・国土保全局所属なんですか⁉」

はっ、と気づいて津々楽が声を大きくすると、天崎はにっこり笑った。

「そういうことだな。そもそもうちは、ダムを造るたびに神社本庁にすがるのが嫌になった上が、俺を召喚して作った部署だ。省庁再編前の話だけどな」

「はあ……こういう部署にも、色々あるんですね」

政治闘争みたいなものとか、というセリフは呑み込んでおく。

こんなところで一兵卒をやっている津々楽には、上の政治は関係のないことだ。

警察にいたときは出世にも興味があった。功績を挙げて刑事になれば、いずれこの国を震撼させるような事件にも関われるようになっていくだろうと信じていた。

だが、それも過去の話だ。

(今は頭を低くして、うっすら役に立てていれば、それでいいんだ)

急に黙り込んだ津々楽のことを気にするでもなく、天崎は続ける。

「カミの引っ越しには慎重を期する必要がある。まずは、カミの性質を詳しく知ることだ。ここのカミが塞ノ神なのは確実だとして、まだわからないことがある。依頼にあった、酔っ払いの話だ。覚えてるか？」

「はい。確か、バスに見知らぬ酔っ払いが乗ってきて、その後バスが事故を起こすって話ですね。……言われてみれば、あんまり塞ノ神と関係があるようには思えない……酔っ払いと塞ノ神のカミは関係ない可能性もあるのかな？　でも、魔のカーブではろくに霊感が働かなかった……」

少々混乱する津々楽に、天崎は落ち着いて助け船を出した。

「魔のカーブでは働かなくても、他では見ただろ？　酔っ払うカミの姿を」

「あっ。そうでした。トンカツサウナで、見たんでした」

天崎の言葉で、現場で見た景色をふわりと思い出した。

霊感がとらえたトンカツサウナはひどく居心地のよい場所に思え、やたらと喉が渇き、酒が飲みたくなった。

「僕の見たのがカミの見せた景色なら、確かにあそこのカミは強く酒と結びついていると思います」

津々楽が淡い自信をにじませて言うと、天崎は嬉しそうに会議室のテーブルに両肘《りょうひじ》をついた。

「と、いうことは、だ。ここの塞ノ神は酒がらみの由来があるか、酒がらみの伝承だか事件だかを抱き込んで、変質している可能性がある、と俺は見る。次にひもとくのは、そこだな。酒がらみの諸々を掘って、できればここで行われていた鎮守の方法を知る。そこまで行けたら、問題なく引っ越し指導が始められる」

「なるほど、手順はわかりました」

「楽しみだなあ、津々楽！　今回も歯ごたえがありそうな事案だぞ」

天崎はうきうきと言い、ゆらゆらと体を揺らしている。津々楽は彼を、淡い尊敬と興味を持って見つめた。

（天崎さんって、いつもほんとに楽しそうだな）

こんなに常に上機嫌の人間を、前職含め、津々楽は見たことがない。

新人の自分はいちいち察しが悪い。なのに天崎はそんなことでは揺らがない。

警察関係者は職業柄もあり、いつもにこにこしているわけにはいかなかったし、笑いを一種の駆け引きに使う者も多かった。聞き込みや取り調べの際に、相手を油断させるため。相手の懐に入るために、あえて笑う。

そんな習い性は、同僚に対してだって発揮された。

威嚇《いかく》し、機嫌を取り、心を摑んでコントロールする。

そういうふうに、されてきた。

――大丈夫か？

頭のどこかで、腰に響く美声の記憶が蘇る。津々楽の喉が、小さく鳴った。

と、ほとんど同時に、会議室のドアがうるさくノックされる。

「天崎さん、津々楽さん。T波バスの方、いらっしゃいましたよ！」

「おっ、来たか、どうぞ！」

天崎が飛び上がるように立ち上がったので、津々楽も後に続いた。

会議室に入ってきたのは、バス会社の制服を着た四十代であろう男性と、七十近いと思われる老人である。

(責任者と……ご老人は、再雇用か？ なんでこのメンツなんだ？)

津々楽は見るともなしにふたりを観察しながら頭を下げる。

「お忙しい中ご足労いただき、本当にありがとうございます。国土交通省鎮守指導係の津々楽と、こちら、天崎です。この度は大変だったかと思いますが、我々が少しでもお力になれればと思っております」

今回は役人相手ではないこともあり、津々楽が率先して声を出した。

本来は天崎が挨拶するべきだが、見た目が見た目だ。天崎の年齢を知らない相手には、津々楽が挨拶をしたほうが通りはいい。その点に関しては天崎も同意済みだったから、彼は大人しく頭を下げる。あとはひたすらに、バス会社のふたりを見つめていた。

正確には、老人のほうを、まっすぐに。

(……なんだろう。老人同士で思うところがあるのかな？)

津々楽が考えているうちに名刺交換が始まる。

「竹井《たけい》です、よろしくお願い致します」

「松本《まつもと》です」

手元に来た名刺によれば、バス会社から来た四十代の男性は竹井。最寄りの営業所の副所長だという。老人のほうは松本。営業所の事務係と記載がある。

（ん？　運転士が、いない）

津々楽は名刺を見直し、ちらと天崎を見た。

天崎は特に気にする様子もなく、ふたりに会議室の椅子を勧めている。

（どういうことなんだ……事故を起こしそうになった当人と話さなきゃ、カミらしき不審人物の詳細なんかわからないのに）

津々楽は戸惑いを覚えながら、自分も椅子に座り直す。

そこからは、天崎が快活な様子で会話を先導した。

「国土交通省としては色々お世話になっているかと思いますが、鎮守指導係というのはあまりお聞き覚えがないかと思います。今回は、魔のカーブで起きた事故について詳しくお聞かせ願えればと思っております」

「はい。ええと、なにか、遺跡の移転を司る部署とお聞きしましたが……今回の事故は、遺跡と関係があるとは思えず……」

口を開いたのは、副所長のほうだ。卓上の資料の山に視線を落としており、心を開いていないのがあからさまだった。

「や、そこはいいんです。我々が判断するところですから」

天崎は笑顔で片手を上げるが、副所長はまだ口ごもっている。

「はあ。ただ、そうおっしゃいましても」

「俺たちが聞かせてほしいのは、運転士さんが実際に感じたことです。目に見えたものだけじゃなくていい、音だとか、匂いだとか、空気、そういうものを手がかりにして、この事件の真相を明らかにしようとしているだけなんですよ。ですから、」

立て板に水の勢いで喋る天崎の話を、不意に重い声が遮った。

「……事故を起こしかけた運転士は、皆、被害者です」

「と、おっしゃいますと？」

天崎が、穏やかな視線を声のほうへ向ける。

話を遮ったのは、最初から険《けわ》しい顔で黙りこくっていた老人、松本だ。

彼は強い瞳で天崎を見据え、かすれ気味の声で言う。

「皆、すばらしい運転士だということです。あんなところで事故を起こすような下手くそじゃありません。飲酒運転の事実もありませんでした。すでに警察の捜査は済んどります」

「松本さん。ですけど……」

副所長が困り顔で口を挟むが、松本はますます眉を吊り上げた。

「はっきり言わなきゃいけません。後輩は守ってやらにゃ。大体、おかしいです。当時の話を聞きたいだけなら、報告書回すだけで問題ないでしょう。記憶は薄れるもんですし、聞き取りは営業所がしっかりやっとります」

「あの、ですね。僕らに、運転手さんを糾弾する権限はないんですよ。そんなつもりで来てるわけじゃないです、決して」

津々楽は言い訳をしつつ、違和感が強くなってくるのを感じた。

(この松本さんって、何者なんだ？　どうしてここに来たんだ？)

副所長と松本を見比べる。副所長はどこか気圧された様子で松本を見ている。松本は肩をいからせてこちらを威嚇している。最初から明確な敵意がある。

一体、なぜ？

(警察の捜査が厳しかったのか？　それとも、特別に隠したいことがある……？)

考え込む津々楽の視線は自然と下がり、目の前に積まれた資料へ行く。

そういえば、資料の中には古いバスの写真もあった。壮絶な悪路を行くバスのモノクロ写真。あのバスのエンブレムは、今目の前にいるふたりの制服のエンブレムと同じだ。当時から、同じ会社のバスがこの地を走っていた。

今も酷道だが、昔は道とはいえないような道を、客の命を乗せて。

(ひょっとして――)

「ひょっとして！　きみ、四十年前の事故を知っているのか⁉」

叫んだのは津々楽ではなく、天崎だ。

「えっ」

津々楽は思わず声に出して驚き、天崎の顔を見つめてしまう。

天崎は無邪気な様子で身を乗り出し、眼鏡の奥で目をきらめかせていた。

問われた松本は一瞬呆然としたようだが、すぐにきりきりと眉尻を吊り上げる。

「やっぱりか！　今回もあのときと同じだろうと思って来たんだろう、きみらは！」

「ああもう、やめましょうよ松本さん！」

副所長が困り果てた声を出し、松本の腕を取った。

しかし松本はそれすらも、荒々しく振りほどく。

「あなたは黙っててください、若手の運転士たちは、わたしが守ってやらなきゃならんのです！　うちは四十年前のあの事故以降、ほぼ無事故でやってきた。血を吐くような努力をしてきた！　今回のことはうちの運転士の落ち度では、絶対にない！」

唾を飛ばす勢いで叫び、松本は天崎をねめつけた。

天崎はというと、松本に向かって勢い込んで叫ぶ。

「そんなことはわかってる！　四十年前、きみらの会社のバスは、運転士の飲酒運転で崖から転落した。が、当時は飲酒運転は合法だ！」

「飲酒運転が、合法……⁉」

津々楽がぎょっとして天崎を見る。天崎は松本だけを見て続けた。

「あの事件を、現在起きてる事件と簡単に結びつけるのはナンセンスだ。俺が言いたいのはだな、俺たちの調査には、きみが必要だってことだ！」

「……きみ？　わたしのことか、それは……？」

松本は顔全体をしかめて問う。

天崎はまったくひるまず、大きくうなずいた。

「そう！　きみは現在の運転士を後輩だと言っていた。ということは、運転士出身なんじゃないのか？　それも、四十年前の事故時の！」

「あっ……」

言われてみれば、そのとおりだ。津々楽は小さな感嘆の声を上げた。

天崎はついに立ち上がり、ぐいぐいと松本に迫っていく。

「だとしたらあの道を運転したことがあるんだよな？　今とは比べものにならない、危険極まりない旧道をだ！」

「それは……」

松本はわずかに言いよどみ、副所長が心配そうに声をかける。

「松本さん……！」

しかし松本はすぐに険しい表情を取り戻して、天崎に向かって胸を張った。

「もちろんです。あの旧道を運転できるのは、運転士の誇りでした」

「すばらしい！　ってことは、ものすごい運転テクニックがあるって話じゃないか。当時の道は本当にめちゃくちゃだったはずだ、整備不良の道は何度も崩れ、バスが通ることなんか前提としない林道を迂回路に使ったときもあったと聞く！　そこを運行し続けたってことは、現代じゃまったく想像がつかないレベルの腕だったわけだよな？」

屈託なく褒め称える天崎の言葉に、松本はどこか意外そうな視線を向ける。

「お若いのに、見てきたように言う。よく調べたもんだ……。当時は、本当にテクニックのある者しか、この営業所には配置されておらんかったのです。今でももちろん、他より精鋭が揃っています」

「やっぱりそうなんだな。これはいいぞ、助け船だ！　むしろ命綱か？　なあ、きみ、松本さんだったな。もう一度、この路線のバスに乗ってくれないか⁉」

天崎から急に飛び出した話に、その場にいた全員が虚を突かれた。

「え、ええ……？　どういうことなんです、それは」

最初に戸惑った声を上げたのは、副所長だ。

彼は助けを求めるように、津々楽のほうへ視線を投げる。

しかし津々楽だってこんな話は初耳だった。

「ど、どういうことなんでしょう……」

わずかに引きつり、リレーのように天崎へ視線を繋ぐしかない。

天崎本人はけろりとしたもので、いかにも当然のように言う。

「どうもこうもない、そのままの意味だ。この事件を解決するためには謎の酔客とやらと対面しなくちゃいけない。酔客は必ずバスに乗ってくる。ならば俺たちもバスに乗らなきゃな！　そのためには運転手が要る！」

ダメ押しのように笑顔を向けられ、津々楽は大いに引きつった。

松本は徐々に難しい顔になり、天崎と津々楽を順番に見比べる。

「……本気ですか」

(待ってください、本気じゃないです！)

心の中で叫び、津々楽はついに卓を迂回して天崎の横へ立った。至近距離で精いっぱい存在感を出しながら主張する。

「待ってください天崎さん、僕らのバスにカミが乗ってきたとして、そのあと事故が起きる可能性は……」

「かぎりなく高いな」

「ですよね！　僕は命が惜しいですけど⁉」

素っ頓狂な声で叫ぶ津々楽に、天崎は相変わらずの笑顔を向けた。

「いいことだな、健全な精神だぞ、津々楽！」

「天崎さんも、命は大事にしてください！」

「バカだなあ。俺だって自分の命を粗末にしてるわけじゃないさ。大事にしているからこそ、松本さんに頼んでるんじゃないか」

天崎は少し呆れたような声を出し、次に松本に向き直る。

「ということで、頼む！　どうか俺たちが貸し切るバスに同乗してくれ！　いざとなったときに、俺たちの命と、運転士と、バスを守るために！」

◇

その夜から三日ほど。

津々楽と天崎は、魔のカーブがある山の麓の簡素な宿泊施設に宿泊した。

普段は事前予約がないと開かない施設なのだそうだが、そこは無理を言って市役所が手配してくれたらしい。

『バス会社との調整がありまして、どれだけ急いでも貸し切りバスは三日後のご用意になってしまうんですよ。ですからこの施設を使うか、いったん帰られたほうがいいと思います。ここ、本当に、びっくりするほど何もないですよ』

市役所職員はすまなそうな顔で言ってきたが、津々楽と天崎は滞在を選んだ。

何せ、調べることが山ほどあったのだ。

魔のカーブ周辺であった四十年前のバス事故のこと。

トンカツサウナにあった塞ノ神の往時の姿のこと。

トンカツサウナ周辺であった、五年以内の事故のこと。

市役所、市の図書館、地元新聞社を巡り、紙の資料ではどうにもならないところは地道に足で聞き込みをした。天崎の人なつっこさと津々楽の聞き込み能力はここでも充分に生かされたが、とにかく土地勘のない地方なのが痛かった。

時間はあっという間に過ぎ、肝心の鎮守の方法は見つからないまま、貸し切りバスの運行の日がやってきたのだ。

津々楽は緊張の面持ちで市役所から借りたバンに乗り込み、助手席に天崎が乗ってくるのを待ち受ける。天崎は軽いあくびをして、細っこい体をシートに納めて言う。

「ふわぁ……。昨晩はよく眠れたか？　津々楽」

「普通に寝ました」

「普通か。おまえの普通の睡眠、結構浅いよな」

「……そうですか？」

軽く流して、津々楽はバンのエンジンをかける。

自分の眠りが浅いのは自覚している。夜勤中に何度も起こされた前職の影響もあるし、霊感の目覚めとなった事件の影響もあるのだろう。津々楽は無防備にすべてをさらけ出す行為が苦手だ。必然、睡眠も苦手だ。しばしば睡眠薬の世話にもなっている。

(それをわざわざ、ひとに言うこともない)

津々楽が慎重に車を発進させると、天崎が窓の外を眺めながら言う。

「やっぱり、酒でも飲んだほうがよかったんじゃないのか？　昨晩くらいは」

「いや、昨晩こそ飲んじゃだめでしょ。今日こうしてバスの営業所まで車で行くんですから。少しでもアルコール残したくないですよ」

「そうかなあ。だけどおまえは、飲みたかったはずだからさ」

(このひとは……)

しれっと言う横顔を、津々楽は少々恨みがましく見やる。

思い出すのは、昨日の夕方のことだ。

ふたりは宿泊施設に帰る前に、施設から車で三十分かかるスーパーの中にいた。

話題のメインは、三日間の調査結果のこと。

トンカツサウナ関連は元店員たちにも大した知識がなく、そもそもオーナーが変なインテリアを好むため、塞ノ神も店のオブジェだと思って『普通に見慣れていた』『酔客によくはたかれていた』みたいな証言ばかりだった。

一方で、五年以内の事故と四十年前のバス事故はもう少し情報が集まった。

塞ノ神を砕いた事故は、ちょうど一年ほど前の夏に起こったそうだ。

犯人は車の中で性行為をしようとしたらしき男女。夜中に廃墟に車を入れたが、運転手である男性が酒気を帯びていたため、運転を誤って突っ込んだらしい。

『鍵になるのは酒なんだろうな。トンカツサウナに突っ込んだ車も飲酒運転。四十年前の飲酒運転事故は、正月に振る舞い酒が出たせいで、うっかり飲みすぎた運転士がハンドル操作を誤った』

棚を物色しながら言う天崎に、津々楽は同意した。

『バス事故に関しては、会社の記録も、当時の報道も、裁判記録も、同じ内容でしたね。当時は飲酒運転は合法でしたけど、もちろん運転手は過失致死罪には問われた。悪路のため小型バスしか通れず、死者は運転手含め六人で済んだのが不幸中の幸い……死者が出ているのに、幸いって言うのもなんですけど』

物騒なお喋りをしながら、津々楽と天崎は籠に惣菜《そうざい》の類いを放り込んでいく。

津々楽たちが借り受けた施設は基本的に無人で、車でやってきた管理人から鍵を受け取ったあとはセルフサービスだ。食事も当然自分たちで用意しなくてはならないが、ふたりはしばらく共同生活をしている。こういうことは慣れていた。

天崎は津々楽に買い物籠を持たせ、ふらふらと酒の棚に歩み寄る。

『それ以降正月の振る舞い酒はなくなったみたいだし、同社で目立った事故は起こっていない。松本の話からすると、酒を禁止しただけじゃなく、とことん運転士のドライビングテクニックを研《みが》いたみたいだな』

『とにかくソフト面の強化に尽力したってことですよね。松本さん、運転士の教育係をやってた時期もあるんでしょうか？』

『そのへんは営業所ぐるみで言及を避けられたけど、そうなんだろうなあ。だからこそ、運転士をかばいだてするために出てきたんだろ』

『なんだか、態度が極端な気がしましたね。過保護っていうか……副所長も松本さんには積極的に触れたがらないというか、遠慮している感じで』

話せば話すほど、バス会社と、松本と、四十年前の事故には違和感がつきまとった。

それほどまでにドライビングテクニックを要する職業の人間に、なぜ祝い酒を振る舞ったのか。テクニック重視のストイックさと祝い酒が、いまひとつ結びつかない。

『……そんなにいいものなんですかね、酒』

津々楽がぽつりと言うと、天崎はぼやく。

『おお～、これまた令和の意見だな。俺は昭和の人間だから、一方的に酒が悪者にされるのは残念だけどなあ』

『一方的ですか？　実際事故は起きたのに？』

『一度だけだろ？　結局のところ酒を飲みすぎたっていうのは直接原因でしかなくて、それ以前に何かあったんじゃないのか？』

『わかりませんが、飲酒運転事故が絶えないかぎり、規制は仕方ないです』

『ま、それはそうなんだよな。おーい、令和。これも頼む』

天崎は適当なことを言い、酒の缶を津々楽の買い物籠に入れていく。

『天崎さん……。飲酒運転の話を調べたあとにほいほい酒を飲むの、結構悪趣味じゃないですか？』

津々楽がとがめだてすると、天崎は発泡酒の缶を顔の横に寄せて、にこっと笑った。

『でも、俺たちは宿舎に帰ったら運転はないし。おまえも飲むだろう？』

悪魔の囁きである。天崎の見た目が未成年に近いため、ますます悪いことを言われている気持ちになり、津々楽は大いに引きつった。

『やめてくださいよ……明日はいよいよ貸し切りバスで魔のカーブです。バスの営業所までは借り受けた市役所の車を運転していくんだから、よっぽど軽いものじゃないと支障が出ます。できれば一滴も飲まないほうが安全ですって』

『一滴もって、大げさだなあ、津々楽は～。これくらいのアルコール、朝までにはきっちり分解するさ。多分俺の肝臓、おまえの肝臓より強いぞ。何せ若いし！』

『若すぎるのだって問題です。天崎さんが酒の缶持ってる時点で、周囲の空気が凍るんですよ。ほら、大人しく渡してください』

津々楽は眉間に皺を寄せて言い、天崎の手から酒の缶を奪った。

天崎は抵抗しなかったが、空になった手をにぎにぎさせながら、少し不思議そうな顔になる。

『んん～？　ひょっとして津々楽は俺の保護者気分にでもなってるのか？』

『まさか、違いますよ。天崎さん、年上だし』

『ふむ。だといいんだがなあ』

天崎は小さく肩をすくめ、すたすたと先へ行ってしまった。

津々楽はため息交じりに、酒の缶を棚に戻していく。あえて天崎から酒を奪ったのは、津々楽自身が切実に飲みたかったからだ。塞ノ神のことを見てから、喉の奥がずっと渇いてしまっている。

気を抜けば、わははははは、というあの笑い声が耳の奥に蘇る。あれはあまりに美しい景色だった。穏やかで、温かで、あの景色の中にいる間中、とにかくずっと喉が渇いていた。

初めて足を踏み入れた場所なのに、招き入れられている心地がした。

なぜだろう、塞ノ神は境界を守るカミ。

自分は、外から塞ノ神を調べに来た存在。

外から来るものは、塞ノ神が弾き出すべきではないだろうか……。

わからないけど、この気分で酒を飲んだら飲みすぎるのだけはわかった。だからほとんどの酒を棚に戻したのだった。

そして、今日。

津々楽は隣に天崎を乗せ、約束の時間の十五分ほど前に、無事バスの営業所にたどり着いた。

営業所で所長と挨拶したのち、ふたりは副所長に見送られてバスへ向かう。

貸し切りの表示を出したバスの前には、市役所までやってきた松本と、初対面の若手の運転士が待っていた。

「よろしくお願いします。こちら、本日運転を担当します、三田《みた》です」

松本に紹介された若手は、三十そこそこだろうか。

髪を短く刈り込み、どことなく目つきの鋭い、体育会系出身に見えた。

「三田です」

折り目正しく頭を下げる三田に、天崎と津々楽も会釈《えしゃく》を返す。

「今日は、大変な仕事を引き受けてくださってありがとうございました」

津々楽が言うと、運転士の三田よりも先に、松本が返事をした。

「基本的には、三田が運転をします。こいつの腕は確かですから、安心してください。若手の中では一番ですわ」

「いえ、松本さんの伝説の腕には全然、及びもつかないです」

真顔で恐縮する三田を見て、津々楽はこっそりと納得する。

(やっぱり、松本さんは運転士の指導係だったんだな。悲惨な旧道時代の生き残り)

「さ、乗ってください。この時間は通常ダイヤのバスは通りません。今出発して、問題のカーブを通過するのが三十分後。不審な乗客が乗ってくるバス停までは、二十分ほどかかります」

松本にせかされて、津々楽と天崎はバスに乗り込んだ。

自分たちしか乗っていない路線バスの車内は、どことなく非現実的な場所に思える。

津々楽はどこに座るべきか迷い、結局運転席の反対側の座席列の一番前に座った。

ここなら運転席も見えるし、乗り込んでくる客にも一番に対応できる。

(副所長が持ってきた報告書によると、不審な乗客が腰掛けるのは必ず最後尾だったはず。この席なら、不審な客にもかぶらない)

ベストな選択なのではないか、と思って天崎を見ると、彼は堂々と最後尾に腰をかけている。

(天崎さん……不審な客と対決でもする気なのかな)

津々楽は遠い目になりながら、膝に乗せたリュックをぎゅっと抱きしめた。

この中には、例の古い桐箱が入っている。箱に納められているのは、由来も正体も誰にもわからない古い人形だ。わかっているのは、この人形をカミに見せて紐で結ぶとカミの動きを止められる、ということだけ。

(不審な客が本当にカミなら、これで対処することになる)

心と体の準備をしなくては。

津々楽は呼吸を整え、余計な考えを頭から追い出した。

「では、発車いたします」

三田が緊張の面持ちでバスを発車させる。

「頼んだ!」

天崎が軽い調子で声をかけるが、さすがに車内の緊張はなくならない。

松本は運転席のすぐ後ろの席に座り、鋭い瞳で前を見つめている。

しばらく走っていくと、段々と山が近づいてきた。

「……あと十分ほどで、例の客が乗ってくるという停留所です」

松本の、どこかとげとげしい声が車内に響く。

三田の横顔はこわばったままで、何も声は発しなかった。

(あんまり緊張されるのも怖いな。何か、ほっとするような話題……)

考えてみたものの、津々楽にはいまひとつ思いつかない。

そうこうしているうちに、天崎があっけらかんと口を開いた。

「……なあ。俺たちもこの事案について多少調べたんだが……問題の客が乗ってくる辺りって、周りに何もないよな。どうしてバス停があるんだ？　山の中で何もないとなると、乗ってくる客がいそうにないけど」

「以前は雑貨屋があったんです。十年前くらいまでですかね。今はありませんから、基本的には停まっていませんよ」

淡々と答えたのは松本だ。

その答えに、天崎は首をひねる。

「なるほど。それでも、停留所自体を廃止にはしないんだな？」

「遠からず廃止にはなるでしょう。……それが、どうかしましたか。ご不満でも？」

「いや。その周辺って、雑貨屋以外に何かなかったのかな、と思っただけさ」

さらり、と零れた天崎の声に、ふと、運転士の三田が答えた。

「湧き水じゃないですか？」

「ああ……」

松本が思い出したようにつぶやき、津々楽はゆっくりと瞬きをする。

「湧き水、ですか」

津々楽が三田のほうを見ると、彼は前を見たまま、浅くうなずいた。

「はい。あそこはまだ水を汲みに来るひとがいて、たまにですがバスに乗っていかれます。

うちのばあちゃんも結構通ってました」

その話に身を乗り出したのは、天崎だ。

「じゃあ、順番は湧き水が先だったのかもしれないな。湧き水があって、ひとが集まってくるからこそ、雑貨屋もそこに店を開いてたのかもしれない。ちなみにそれって、美味い水なのか?」

「俺にはあんまり違いがわかりませんが、ばあちゃんはこれじゃなきゃ、って言ってましたよ」

三田の返事に、天崎は腕を組む。

「ふうん。水が美味いところは、酒も美味いよなあ」

天崎は一度言葉を切って考え込んでから、不意に続けた。

「ちなみに、松本さん。廃止される前の会社の振る舞い酒、正月だけだったのか?」

(うわ、いきなり繊細なところに)

事故の原因になった振る舞い酒に関しては、松本が一番頑《かたく》なになるところだ。津々楽は思わず硬くなって松本のほうをうかがった。

案の定、松本は元から険しい顔をさらに険しくしている。

「それを聞いて、何か意味がありますか?」

「あるよ。このへんの古い地図を調べて思ったんだけど、このバス路線は多分、昔、この山にあった村を突っ切っていくルートなんだと思うんだ」

天崎は腕を組んだまま、窓の外を見やって言う。

この話は、調査中に津々楽も何回か聞いていた。

昔はこの周辺も大分地形が違い、今は平野になっているバスの営業所の辺りは、崖があって住むには適してなかったようなのだ。だから人々は、むしろ山に住んでいた。

「……何が言いたいんです」

松本はまだまだ警戒した声を出している。

そんな彼に視線を戻すと、天崎は静かに言った。

「つまり、だ。あの山の村にとって、このバスは、村の外から——彼岸《ひがん》から来る『よそ者』だってことさ」

天崎の少し高い声が、不思議なくらいバスの車内に響き渡る。大きな声ではなかったのに、すっと耳の中に入り込んでくる、透明な声だった。

津々楽はもちろん、松本も、魅入られたように後部座席の天崎を見つめる。

当の天崎は、表情の抜け落ちたきれいな顔をしていた。黒い目を窓から入る光にきらめかせ、腕を組んだまま続ける。

「俺たちはトンカツサウナ跡地で、村境を示す塞ノ神を見つけた。だが、それがそもそもおかしいんだよ。村が衰退する前、村境があんな山のてっぺん近くにあったわけがない。

少なくとも、その湧き水があった場所にはずっと雑貨屋があったんだろう?」

(あ――)

津々楽の頭の中で、ぱちぱちと何かが繋がった気がした。

「そ、そういえば、トンカツサウナ、建物はともかく……塀には、古い廃材が使われてましたね⁉」

津々楽は、自分の座っている椅子の背もたれにしがみついて言う。

天崎はうなずく。

「オーナーの趣味だっていう、ヘンテコな塀な。あんなもん、遠くから建材を運んできたら金がかかってたまらん。おそらくは、この山にあった村の古材だ。トンカツサウナができたのは十年前、雑貨屋がなくなったのも大体十年前。だとしたら、雑貨屋の廃材も使われていたかもしれない」

「その廃材の中に、ひょっとして、塞ノ神も……?」

言ってから、自分の考えが妙にしっくりくることに気づく。

トンカツサウナは建物のシンプルさに対して、古材を使った塀などは妙に個性的だった。オブジェが好きだったというオーナー。入り口に置かれていた、塞ノ神。

つまり、トンカツサウナのオーナーは塞ノ神を引っ越しさせたのだ。

もちろん、何も知らずに!

天崎は長いまつげを伏せて、滔々《とうとう》と続ける。

「おそらくな。本来の村の境界は湧き水があったところだ。塞ノ神もそこにあったんだろうが、村は衰退。雑貨屋が潰れたときに塞ノ神も一緒に崩されて、トンカツサウナに運ばれた。普通ならその時点で不都合が起こりそうなもんだが、トンカツサウナはその時点でこの周辺にある唯一の店だった。――つまり、村の境界がトンカツサウリまで後退したことになったんじゃないのか？」

「なるほど……偶然、上手くいってしまったんだ。塞ノ神は塞ノ神として機能している間は、荒魂化しなかった……」

ぞわぞわっと快とも不快ともつかない感覚に襲われながら、津々楽がつぶやく。

それを見て、天崎はかすかに笑った。

「いいぞ、津々楽。で、トンカツサウナでは、あんまり意識しないうちに鎮守の儀式の代替え行為も行われていたんだろう。津々楽、以前話したと思うが、よくある鎮守の儀式のパターーンはなんだった？」

天崎に問いを投げられ、津々楽は一瞬戸惑った。

が、脳裏には、あのカミの幻が残っている。トンカツサウナで笑いながら酒を飲んでいる人々。掲げられたジョッキに湧き上がる泡。甘露、甘露。

「宴会……カミと一緒に、食べて、飲む……それが、鎮守の儀式に？」

「正解だ！」

天崎に指さされて肯定されると、思わず、やった、と拳を握ってしまう。

そんなふたりを松本は難しい顔で見つめた。

「一体、なんの話です……？」

「鎮守の話さ」

天崎は間髪を容れずに答え、松本と津々楽、両名に対して語りだす。

「外からやってくる『よそ者』に対して、塞ノ神は村を防衛する。だが、もちろんよそ者をすべて弾くわけじゃない。ギブアンドテイクだ。やってきた旅人たちが村人と宴会を開くとき、塞ノ神はそこに同席した。もしくは、石碑に酒を垂らすのが儀式化していたのかもしれないな」

「ありそうな話ですね」

津々楽はうなずき、ふと、周囲を見渡した。

バスはすっかり山道に入ってきている。噂の雑貨店跡、かつて塞ノ神があった場所もほど近いだろう。このバスは毎日村の境界の外から来て、村を横切る。

毎日、旅人として通り過ぎる。

（そのときは、儀式は要らなかったのかな）

考えてから、考えすぎなのかもしれない、と津々楽は思った。

この日本に村は山ほどあるし、そこを横切るバスだっていくつもあるのだろうから。が、その考えは直後の天崎の発言で覆される。

「この仮説があってこその、さっきの問いなんだ。松本さん、バス会社が正月に振る舞った酒。それって、バス内に持ち込まれたりはしなかったのか?」

「え……」

(天崎さん、僕と同じことを考えて……?)

津々楽は軽く目を瞠って、天崎と松本を見比べる。

松本はぎょっとして絶句していた。

その過剰な反応が、真実を物語っているようなものだ。

「それは……」

「誤解してほしくないんだが、決して非難してるわけじゃないぞ。もし車内に酒を持ち込む習慣があったとしたら、それは塞ノ神への供物《くもつ》だ。長年の経験から、そのほうが事故は防げると知っていた奴がいたんだろう。酔っ払い運転はもちろん残念だが、それで酒が禁止になった結果、塞ノ神の供物は絶たれた状態になったのかもしれない」

天崎は言う。

おそらく、彼の言うことは当たっているのだ。

塞ノ神の引っ越し。

村の消滅。

塞ノ神自体の崩壊。

供物の消滅。

あらゆる条件が重なって、この場のカミは荒々しい姿を取って現れた。

バスに乗って村の境界を越える者に、罰を与えるために。

津々楽がそこまで考えたとき、不意に松本が荒々しい声を上げる。

「……わからんことを言って……つまり、なんですか？　うちの会社は、振る舞い酒を続けたほうがよかったということですか？　我々の事故の再発防止策は逆効果だったと言ってるのか⁉　ふざけるな……振る舞い酒の禁止は、正しかった！」

「っ、松本さん、落ち着いて」

津々楽は慌てて腰を浮かすが、天崎は平然としたものだ。

「人間の都合としては、もちろん正しかったさ」

そんなことを言って肩をすくめるので、松本の目はますます吊り上がった。

「バカにしてるのか！　人間の都合以上の何が必要だ、バスは人間のために運行しとるんだ！　いいですか、丸根《まるね》さんはすばらしい運転士だった、落石がひどいときも、川が氾濫《はんらん》したときも、どんな迂回路も鮮やかに乗り越えた、丸根さんは天才だ！」

唐突に飛び出した、丸根という名前。勢いといい、話運びといい、松本の激昂《げっこう》はかなりのものに思える。津々楽は慌てて割って入った。

「松本さん……！　すみません、うちの天崎がよくわからないことを言って……僕らはけして、松本さんたちの努力をおろそかにしたいわけじゃ、」

「あのひとがいなかったら、旧道をバスが走ることはできなかった！　我々はみんな、丸根さんの弟子なんだ、丸根さんに認められて一人前で、あのひとが師匠で、何も悪くない、丸根さんは完璧で、奥さんが亡くなったのがショックだっただけで！」

松本は運転席の後ろの椅子に座ったまま、椅子の背にかじりつくようにしてこちらを見ている。その目がいつの間にか濁り、焦点がおぼろげになっていく。

（まるで、酔ってるみたいだ）

津々楽はいつでも飛び出せるよう、身構えながら松本の様子をうかがった。

松本は、うなるように続ける。

「丸根さん……丸根、さん、そうだ、あのひと、は、振る舞い酒だって一回も飲んだことがなくて、俺は、丸根さんが大好きで、尊敬していて……なんで死んじゃったんだろうなあ？　奥さんかなあ？　葬式出してから、丸根さんはずーっとおかしい……窓の外見て、ぼおっとして……あれじゃあ、きっといつか、事故るって……」

寝言か泥酔者のような口調でぶつくさ言ったかと思うと、松本の首が、がくんとうなだれる。津々楽は我知らず、ぐっと自分の前の椅子の背を握りしめる。

運転に集中していた三田が、おそるおそる声をかけてきた。

「ま、松本さん、どうされたんですか？　何か、病気とかじゃ……？」

「いや……」

津々楽が答える前に、がば、と松本が顔を上げる。

その顔は真っ赤にほてり、目は完全にどこか明後日を睨んでいた。

「誰が病気だ！　酔ってなんかいねえ！　俺は丸根さんの一番弟子だ、酔うわけねえだろ！　丸根さんはいつだってしらふで乗ってた、潔癖すぎんだよ、奥さんのことなんかいつまでも気にするくらいなら、飲みましょう、めでたく飲んで始めましょう、新しい年ですよって、そうだ、言った、俺が、言った、俺が……！」

そこまで叫んで、ぼろり、と松本の目から涙が零れる。

（酔ってる）

津々楽は唾を飲み込む。

酒の一滴も飲んでいないのに、松本は明らかに酔っていた。

（それに、今の話が本当なら、四十年前の事故当時に運転士に酒を飲ませたのは……）

「津々楽、箱を出せ」

不意に天崎の声が飛んできて、津々楽は後部座席を振り返る。

ずっと腕組みして座っていた天崎が、今は立ち上がっていた。通路を数歩進んだところで、静かに前を見つめている。前。バスが進んでいく先を、静かに。

「来るぞ」

「は、はいっ」

とっさに答え、津々楽は抱えていたリュックのファスナーを開ける。

「……バス停に、停まります。気をつけてください……！」

三田がこわばった声を出し、ブレーキを踏む。

しゅこー、と、空気圧が下がる音がして、バスの扉が開く。

問題のバス停に着いたのだ。かつては雑貨屋があり、おそらくは塞ノ神があった、この周辺の村の入り口にして、境界。

扉が開くと、木々の匂いが車内に入り込んでくる。

少しばかり青臭く、松脂《まつやに》臭いような、独特な匂い。

そして、きれいな水の匂い——。

（人影は、なさそうか？）

津々楽はじっと開いたドアを見つめる。

錆の浮いたバス停の周囲には、緑に包まれた岩肌が露出していた。岩肌はじっとりと湿っているが、それだけだ。人造物も人間も見えはしない。

ただひたすらに平和な、山の景色。

（……何もない）

そう思って、津々楽は瞬きをする。

次の瞬間。

いた。

バスの、ステップの上。

男がいる。

平凡な出で立ちだった。灰色の作業用ジャケットを着て長靴を履き、帽子をかぶった、初老の男。ごま塩の無精ひげが生えた、温和そうな顔。

「失礼しますよ」

男はつぶやき、バスの整理券を引き抜く。

（普通の、お客、か？）

あまりにも自然な所作だったし、ここにいておかしいような出で立ちでもなかった。何もかもが普通な男が、バスに乗ってくる。

「は……発車します」

三田の声がこわばっている。

彼も、緊張と戸惑いを感じているようだった。

乗ってきた男のほうをミラーでうかがいながら、三田はバスを発進させる。

男は、ぎゅむ、とゴム長の足で床を踏み、松本の前で吊り革に手をかける。

ぴくり、松本が肩を震わせ、のろのろと顔を上げた。

松本と、乗ってきた男の視線が絡む。

次の瞬間、乗ってきた男の顔が、するーんと、伸びた。

「いっ……！」

津々楽の喉奥で、悲鳴に近い音が立つ。

男の表情は何も変わっていないのに、顔だけがゴム製みたいに引き伸ばされて、顎がごとんと床に落っこちたのだ。細長く引き伸ばされた口の中には、小石を適当に撒いたみたいに黄色い歯が点在していた。

松本は目をまんまるにしてそれを見つめ、やがて爆笑を始める。

「あー……あ、あは、あははは……、なんだ、そりゃあ！　冗談じゃあねえ！」

恐怖と嘲《あざけ》りの入り交じった笑いがバス中に響き渡り、三田が真っ青になってミラーを見た。

「松本さん……松本さん、大丈夫ですか？　松本さん？」

「三田、こっちを見るな！　なるべく前だけ見て、運転に集中しろ！」

叫んだのは天崎だ。

「は、はい……！」

迷いない指示の声に、三田は必死にハンドルにかじりつく。

松本はまだ、頭をがくがくとさせて笑っている。

男は、床に顎を落としたまま、ゆら、ゆらと体を揺らす。

わははははは。わはははははは。松本の笑い声が車内に木霊《こだま》して、その向こうから別の笑い声が聞こえてくる気がする。わはははは。わはははは。楽しそうで、温かい、あのトンカツサウナの景色を思い出す。

津々楽は思う。

これは、カミだ。

カミの宴会の声がする。

カミの宴会が始まっている。

ならば、目の前にいるのは、カミだ。

酒にて鎮守されたる塞ノ神が、やってきた。

顎を落とした塞ノ神は、酔っ払いのように、ふらふら、ゆらゆら、揺れている。

「津々楽、人形！」

神々の笑い声を引き裂くように、天崎の声が耳に届く。

びくり、と震え、津々楽は抱えていた木箱から紐をほどき、蓋を開けながら叫んだ。

「は、はい！　縛りますか！」

「その前に酒だ、酒をかけろ！」

「酒!?」

はっとして見ると、リュックの中にカップ酒の日本酒が入っているのが見える。

(僕が入れたやつじゃない……天崎さんか？)

昨晩、酒を大量購入しようとする天崎のことは止めたはずだ。

それでも一本だけ買って、こんなところに忍ばせていたのかもしれない。

とにかく、今は考え込んでいる場合ではない。

勢いよく金属製の蓋を開け、思い切って人形にぶちまけた。

辺りにぱあっと甘い酒の匂いが漂い、津々楽の目の前が一気に明るくなる。

(なんだ？　光？　どこから……)

バスの中はまばゆい明かりに照らされ、ぎょっとした津々楽が辺りを見渡す。

どうやら光は窓の外から差し込んでくるようだった。バスの窓越し、きらめく光の中で、
わはは、わはははは、と、人々が笑いあっているのが聞こえる。見れば、バスの横を、古めかしい着物をまとった人々が列をなして歩いていく。

ひらひらと色紙を撒きながら、手に手に徳利《とっくり》やぐい飲みを持って歩くひとの列。

わははは、と笑って、前を行くひとが後ろのひとに酒を注ぐ。

ぐい、と酒をあおったひとが、笑いながら傍らの道に酒を撒く。

わははは、わはははは——。

カミの声はどこまでも響く。トンカツサウナのときと、よく似た幻視。

ただし、違うところもある。頭がはっきりしたままなのだ。カミの姿は見えてはいるが、酔いや渇きは感じない。

(なんでだろう。トンカツサウナのとき違うのは……この人形くらいか)

箱の中の人形は、さっきの酒でびたびたに濡れていた。

(まるで、僕の身代わりみたいだ)

急に、そんなことを考える。

この人形をカミに見せれば、この人形はカミの身代わりになって縛られる。

そして今は、津々楽の代わりに酔ってくれている……?

「も、もうすぐ、魔のカーブです!」

結論が出る前に、三田のかすれ声がバス車内に響いた。

津々楽は運転席を見やる。三田は少し青ざめているくらいで、酔った様子もなければ取り乱した様子もない。

(よかった……この調子なら、事故にはならないかな)

そう思ったとき。

バスに乗ってきた男……いや、カミが、ぷう、と膨らんだ。

「いっ……⁉」

津々楽は思わず目を疑う。

床まで顎を伸ばしていたカミの顔が、空気を入れられた風船みたいにぱんぱんに膨らんでいく。バスの通路をみっしり埋めるくらいの大きさに膨らんでいくのだ。カミはそのまま自分の顔を左右の座席に引っかけ、ぶるぶるさせながら後部座席へと向かう。

後部座席の前にたたずんでいるのは、天崎だ。

「あ、天崎さん！ 次は、どうすれば⁉」

「そこにいろ。あとは、俺がやる」

天崎はひどく冷静に言い、近づいてくるカミを見つめていた。

俺がやるって、何を。

想像もつかない。

津々楽には、天崎を見つめることしかできない。

次の瞬間、ぱんぱんに膨らんだカミの頭が、天崎に向かって襲いかかった。

「っ……！」

天崎の華奢な体が、カミの頭に覆い隠される。

ぶちん、と、嫌な音がした。

天崎の足元が、ふらりとよろけたのが、かろうじて見える。

よろけたが、天崎は倒れなかった。カミが天崎の細い腕を摑んで固定しているのだ。
カミは押さえつけた天崎にのしかかって、巨大な頭を揺らしている。
くちゃ、くちゃ、ちゃぷ、という、得体の知れない音がする。
それは、咀嚼音《そしゃくおん》だった。
(天崎、さん)
いつしか津々楽は人形の箱を放り出し、バスの通路に立っていた。
ごとん、と人形が床に落ちた音に、カミが反応する。
カミは天崎を摑んだまま振り返る。床に落ちた人形を見ている。
カミの巨大な口の中には、歯ではない、白いものが見えた。
天崎はぐったりとカミに抱かれていた。
銀縁眼鏡が顔から落ちかけている。
耳が、ないせいだった。
片耳がない。
形よく顔の両側で眼鏡のつるを支えていた白い耳が、片方しか、ない。
もう片方は付け根から引きちぎられて、カミの口の中だ。
「……ない」
津々楽の喉の奥から、押し殺したうめきが上がる。

頭が沸騰しているのがわかる。脳みそが熱い。全身が熱い。燃え上がっている。恐怖はない。迷いもない。何もかも、熱が焼き尽くしてしまっている。

まるで体の真ん中で、エンジンが燃えているかのようだ。

これは、怒り。

カミは天崎を放り出した。

ごとり、と、天崎の体が通路に倒れる。

カミは、津々楽が落とした人形を拾い上げようとする。

カッ、と、もう一段階、津々楽の体の熱が上がった。

「三田さん、バスを駐めてください！」

怒鳴ると同時に、天崎は塞ノ神の襟首を摑む。

顔は巨大に膨れ上がっているが、体は作業着を着た男性のものだ。

バスの振動に合わせて強く引けば、素直によろける。

これなら、ひとと同じ対処ができる。

「と、駐める!? でも、もうすぐあのカーブです！」

三田が悲鳴のような声を上げる。

それでも津々楽は迷わない。

「どこでもいい、駐められるところで駐めろ！」

「は、はいっ……！」

切羽詰まった怒鳴り声に、三田は血走った目で辺りを見渡した。

バスは蛇行する山道を上っていく。サーキットのような道を、大きな車体を左右に振りながら、確かなテクニックで山の上へと這い上がる。

津々楽に捕まったカミは、右に、左に、揺れに合わせて振り回されて、左右の壁に巨大な頭をぶつけた。

わは。わはははは——わは……。

外から聞こえていた笑い声が、徐々に小さくなって消えていく。

バスの中が、すうっと薄暗くなっていくのがわかる。

津々楽の視界の端っこに、窓の外が映る。

こちらを、見ている。

バスと併走していた幻の人々が、バスの中の津々楽を見ている。

真っ黒な虚のような目つきで、じいっと見ている。

まるで骸骨《がいこつ》に睨まれているかのよう。

「う、うわっ！　今、何か、引っかけた⁉」

三田がハンドルを切りながら悲鳴を上げる。

（何か、見えたのか）

津々楽は脂汗《あぶらあせ》をにじませて周囲を見やった。

目をこらして霊感を押さえ込もうとすると、現実の世界がうっすら見えた。現実のほうには道路を歩くひとなど見えない。ならば三田が引っかけたのは幻の人々だろう。

努力をやめれば、あっという間に視界は幻の人々であふれてしまう。

ひと、ひと、ひと。幻の異様な存在感。

こうも幻の存在感が強くなれば、霊感のないひとにも感じられてしまうのだろうか。

真っ黒な眼窩《がんか》を落ちくぼませた人々が道を埋め、ぽろぽろとガードレールの向こうへ零れていく。

こんなものが少しでも見えてしまったら、正気ではいられまい。

——事故が起きる。

供物を捧げ、訓練に時間と手間をかけ、日々この道を這い上がっていたひとたちの思いが、再び傷つけられてしまう。

ちらり、と、脳裏を、倒れた天崎の姿が横切る。

歯を食いしばり、津々楽は叫んだ。

「三田、駐めろ！　もう充分供物は捧げた！　これはひとを運ぶバスだ！」

「は……はい……ど、どうにか、このカーブ、曲がりきったところで！」

三田は津々楽の叫びで、再び前方に集中する。

魔のカーブが来る。

ぐんぐんゆがんだガードレールが近づいてくる。

ガードレールの向こうは闇だ。真っ暗で何も見えない。むしろ、何もない。

世界がそこで途切れてしまっているような。こちらからは何も、感知できない、認識できない、あちら側のような闇の世界。

(だったらおまえら、大人しくあっち側にいろ!)

津々楽が心の中で怒鳴る。

三田が必死の形相でカーブを曲がった。

ぐぐぐっ、と片側へ体が傾く。引っ摑んだままのカミがよろめき、風船みたいな頭をバスの荷物棚に食い込ませる。その口の中にはまだ、白いものが見える。

天崎の耳が。

(返せ)

腹の底から、そんな言葉が湧き上がった。

天崎の体を返せ。これは、こちらのものだ。こちらの。人間の。

津々楽がカミに向かって叫びそうになったとき、がくん、と揺れて、バスが停まる。

「駐車しました!」

三田の叫び。

すかさず、津々楽が怒鳴る。

「ドア開けろ！」

「は、はい！」

ぷしゅー、と、減圧の音。バスの扉が開く。

津々楽はカミを引きずったまま、中央通路を数歩進んだ。カミはゆらゆらと揺れ、津々楽の眼前に顔を近づけてくる。異様にゆがんだ顔、うつろな瞳、真っ黒な口。津々楽はもう何も思わない。酔いもしない。恐怖もない。

怒りと共にカミに足払いをかけ、その体を扉の外へ投げ飛ばした。

「うわっ！　つ、津々楽さん⁉」

三田の叫びには、恐怖と抗議の色が交じっている。

ひょっとしたら彼には、まだカミが人間の姿に見えていたのかもしれない。

だとしても、知ったことか。

津々楽はカミのほうだけを見ている。大きなカミの頭がするりとドアを抜け、ごろり、と魔のカーブに放り出されたのを見つめている。カミはそのまま、ごろり、ごろりと道路を転がり、ひしゃげたガードレールにぶち当たって、止まった。

カミは地べたに座り込み、だらしなく大きな口を開けた顔で津々楽を見ている。

そのまま口の中でころり、ころりと天崎の耳を転がすと、ぱく、と、口を閉じた。

「くそっ……」

津々楽の口から、苦いつぶやきが零れる。

カミは、もぐもぐと口を動かす。咀嚼の動きだった。間違いなかった。

カミは、天崎の耳を食っていた。

「おまえ……っ！」

うなる津々楽の脳裏を、天崎の耳の幻影がちらちらとかすめた。

津々楽の家で穏やかに朝食を用意していた天崎の、快活に仕事相手と話していた天崎の、津々楽をじっと見つめて面白そうに話を聞いてくれていた天崎の、整った輪郭にくっついた白い耳。

あれがカミの歯の間ですり潰されていくのを想像すると、無理だった。

津々楽は開いたままのドアを摑み、バスから飛び降りようとする。

「つ、津々楽さん⁉」

三田が悲鳴を上げ、続いて誰かが津々楽の背中にすがりつく。

三田なら剝がそう、と、津々楽は怒りに燃えたまま背後を見やる。

が、そこにいたのは、天崎だった。

「よせ、津々楽！」

「天崎さん……⁉」

天崎はわずかに眉をひそめ、津々楽に言い聞かせる。

「何をそんなに怒ってるんだ？　大丈夫だ、全部上手くいってる」

「上手くいってるわけないでしょう、天崎さん、耳っ！　あいつ、天崎さんの耳を、食ったんですよ！」

津々楽は食いつくように言った。

が、天崎はひるまない。対抗するように、澄んだ声で怒鳴ってくる。

「そんなこと知ってるよ、馬鹿野郎！　それよりカミを見届けろ！　おまえの仕事は、そっちだろ！」

「っ……」

天崎本人にそう言われてしまうと、津々楽の瞳は揺らいだ。

のろのろと、ガードレールのところまで転がっていったカミを見やる。

カミはまだしばらく咀嚼の動きを繰り返していたが、それが止まると、くるん、と丸まった。手も、足も、胴体も、すべてをまんまるに巻き込んで、膨らんだ頭と同じくらいの完全球体になる。

肉色の球体は、重力を無視してその場に浮き上がった。

次の瞬間、ぶわっとまばゆい光が辺りを満たす。

わは。わ、わははははははははは。

けたたましいほどの笑い声。

ひとりではない、十人、百人、千人の笑い声が響いて、辺りが真っ白になる。ぬるま湯の中にいるような温かさが皆を包み、かちゃかちゃと食器がかちあう音がして――やがて、すべてが波のように引いていった。

視界が残ったあとには、球体のカミだけが浮いている。

カミは淡い光をまとったままトンカツサウナのほうへすうっと飛び、姿を消す。

おそらくは、塞ノ神の石柱上空辺りで消えたのではないだろうか。

「……よし。これで塞ノ神は和魂に戻った。頑張ったな、津々楽！」

天崎は明るい声を出し、津々楽の背中を強く叩いた。

津々楽が何か言う前に、振り向いて三田と松本に声をかける。

「俺たちの仕事は終わった！ 扉を閉めて、先へ行ってくれ。あと、松本さんもね。全部終わったよ。起きてくださーい！」

姿に見合わない馬鹿でかい声に、首を深く折って目を閉じていた松本が、びくりと体を震わせる。のろのろと顔を上げ、彼は不思議そうに辺りを見渡した。

「あー……？ ここ、は……？」

「きみの職場だよ。怪我はないか？」

「ああ……はぁ……」

天崎の問いに、松本はまだ寝ぼけたような、二日酔いのような表情でのろのろうなずく。

その間に、バスは魔のカーブの少し先から発車した。

津々楽は、ゆらり、バスの揺れに揺られて、手近な手すりに摑まる。

改めて、傍らの天崎を見つめた。

視線に気づいた天崎も、津々楽を見上げる。

「津々楽。おまえも、調子はどうだ？　少しは落ち着いたか？　人形はどうなった？　酔った感じはしないよな？」

「……僕は平気だし、酔ってませんし、人形にはちゃんと酒をかけました。それより、耳、見せてください」

津々楽が緊張のあまり顔を引きつらせてのぞき込むと、天崎はぱっとちぎれたほうの耳を手のひらで覆った。

「いや、大丈夫だって」

「大丈夫なわけないでしょうが!!」

唐突な怒声に、背後で三田がびくりとした。

天崎は引きつり、口の前に指を立てる。

「ばか、大声出すな」

「っ……、ごめんなさい……響きますよね。怪我に……」

「そうじゃないんだよ、津々楽。大丈夫だ、息を吐け。で、吸って。落ち着いて見ろ」

強い瞳で津々楽を見つめながら、天崎は耳を覆っていた手のひらを取った。

なめらかな十代の輪郭。さらりとした髪。

そして、形よい耳。

「……え」

「あるだろ、耳」

天崎が確かめるように言う。

津々楽は限界まで目を見開き、目の前にさらされた白い耳を凝視した。

「で、も、僕、確かに……カミ、が、あなたの耳を、食いちぎって、口の中で、転がして、食べたのを……見たのに……僕の目がおかしいんですか？　カミのせいですか？　それとも、僕のせい？」

「おまえは何もおかしくないよ。幻覚も見てない。おかしいのは、俺だ。大丈夫」

教え諭すように言われたが、津々楽にはなんの話なのかわからない。

困り果てたように瞬きをし、天崎を見つめることしかできない。

天崎はかすかに笑い、続ける。

「俺は神隠しに遭って、歳を食わなくなった。……それはもう知ってるよな」

「……はい」

「じゃあ、なんで歳を食わなくなったんだと思う？」

いつもどおり、天崎は段階的に話をしてくれる。教え導こうとしてくれている。

わかっているのに、今の津々楽は淡いいらだちを感じた。

(知らない、そんなの、そんなひと、あなたが初めてだ)

「カミの、影響だとばっかり……」

津々楽がつぶやくと、天崎はひそひそと津々楽の耳元に囁きかける。

「カミの影響なのは間違いないけど、俺はな、カミの供物なんだよ」

「は……？」

言葉の意味がよくわからなくて、津々楽はまぬけな返事をした。

天崎はまだ、耳元で囁き続ける。

「俺が持つ一番の能力は、霊力じゃない。体がカミの好物でできてることだ。俺の体を食うと、どれだけ荒ぶったカミも和魂に変わる。俺がここでやっているのは、そういうことだ。カミを鎮める供物になるために、ここにいる」

「カミを鎮める、供物」

違和感のある言葉を口の中で転がす。

供物とはなんだ。人間が供物だなんて、そんなことがあり得るとは思えない。

思えないが、港区の事案のとき天崎は何をしていた？

柏手を打って、そのあとは何か祝詞《のりと》を唱えるでもなく——髪をちぎった。自分の髪をちぎって、カミに向かって放ったのだ。

津々楽はゆるゆると目を見開く。

(あのときから、天崎さんは、自分を食わせていた)

髪だから軽く流してしまっていた。だが、あれはそういう意味だったのだ。

今回耳を食わせたのも、髪を食わせたのと同じことだ。

そう思っても、納得できないところがある。

(でも……でも、じゃあ、なんで耳が戻ったんだ?)

津々楽は呆然と天崎の耳を見つめた。勝手に手が動き、白い耳に触れようとする。

その手を、天崎は自分の手の甲でぺしりと追い払った。

少しばかり後ろへ下がりながら、天崎は津々楽だけに聞こえる声で言う。

「だけどな、俺の体は治るんだよ。供物として捧げても、こうして元に戻る。神社本庁はカミが俺を再生してるんだと言ってる。カミは俺を食うのが好きすぎるから、俺をかじっては、よくわからんものでもって再生していくってことだな」

(なんだそれは)

心が天崎の言葉を呑み込むのを拒否して、吐き出した。

気分が悪い。こんな話を聞きたくない。

それでも、じわじわと理解できてしまう。

天崎がカミに食われ続け、再生され続けるというなら、いつまでも歳を取らない理由は、おそらく、それなのだ。体がこの世のものでなくなりつつあるからなのだ。

だが、そんな天崎は、『何』なのだろう。

人間なのか？　それとも、別の何か？

「……なんだかよくわからんもので再生するって、その、なんだかよくわからないものは、なんなんですか」

いつもより低い声で問うと、天崎は小首をかしげた。

「誰も知らない。まあ、カミと近い何かなんじゃないのか？」

（なんだよ、それ。他人事じゃないんだぞ）

津々楽は信じられない気分で天崎を見つめる。

今しているのは、天崎の体の話だ。いや、もっと重大なことかもしれない。天崎の存在そのものに関わる話だ。人間は誰しも自分が何者なのかに思い悩む。少なくとも、津々楽は悩んだ。たかが職業が変わっただけで、一年以上たっぷり悩んだ。

なのに天崎は、自分がなんでできているかもわからない。

わからないのに、笑うのだ。

「そういうことだから、津々楽。俺相手に心を痛めなくていい。食われたってどうせ戻るし、俺はおまえとは違うんだ。わかったか？」

念を押されて、津々楽はうっすらと唇を開き、閉じた。

強く、強く唇を引き結び、答えようとしなかった。

そうしている間にも、バスは確実に走り続けていた。

◇

バスからカミを放り出したのちは、特に何事も起こらなかった。

堅実な走行でバスは終点に着き、松本は酩酊《めいてい》状態だったが呼気からアルコールは検出されなかった。バスから降りて水を一杯飲むと正気に戻り、バス内で起こったことは何も覚えていない、と証言。

運転士の三田は疲労困憊《こんぱい》していたが、無事。事件中の記憶も残っており、道中ところどころで怪しい気配を感じたと証言した。

津々楽と天崎は、カミが和魂化して塞ノ神の石柱の残骸周辺にいることを各所に報告。ここで調査を一区切りとし、東京に帰ることにした。今後は東京で報告書と鎮守指導の方針を固めることとなる。必要があればこの地に戻ってくるかもしれないが、他部署に実際の作業を引き継ぐ可能性もある。

（一気に現実に戻る感じ、だな）

バスの貸し切り運転の翌日。

帰路の途中のローカルな食堂で、津々楽はまだぼんやりとしていた。

「はいどうぞ、モツ煮定食ふたつ！」

どん、と目の前に置かれた盆の上には、しっかり盛られた米と、新鮮そうなモツ煮と、これもきりっとした青菜の漬物が載っている。

「……モツ煮だけの店って珍しい気がしますけど、名産なんですかね」

内容のないことを口にしながら、津々楽は卓上の割り箸を一膳取って天崎に渡した。天崎は受け取った割り箸を、ぱしっ、ときれいにふたつに割る。

「街中でも結構あるぞ、モツ煮屋。まあ、俺の『あると思う』は何十年前ってパターンも多いから、信用ならんが」

「で、しょうね」

津々楽は小声で返し、天崎のほうをうかがう。

ストレートの黒髪の下から、ちらりとのぞく形よい耳。

何度確認してもなんとなく落ち着かないのは、この耳が噛みちぎられた瞬間を忘れられないからだろう。

（このひとにとっては、いつものこと、なんだろうけど）

津々楽が隈のできた顔で見つめても、天崎は平然とモツ煮をご飯の上でバウンドさせている。

「おまえの最初の出張にしちゃへビーだったかもなあ。長かったし、結構危なっかしいカミだったし。塞ノ神なんかどこにでもいるもんだが、ここは環境が厳しいから、そのぶん強力だったのかもしれん。疲れただろ？」

「体は、さほどですけど。変な緊張はしましたね」

津々楽は上の空で答え、自分も箸でモツをつまんだ。ぷるんとした感触に、天崎の耳もゆでたらこれくらいの感触なのだろうか、と、ろくでもないことを思う。

天崎は栗鼠《りす》のように頬にご飯を詰め込み、呑み込んでから続けた。

「そりゃ仕方ないよ。だけど俺たちはよくやったさ」

「だったらいいんですが……。先の見通し的には、どんな感じなんでしょう？」

「最終的には、塞ノ神は近隣の集落に移されるだろうな。バスの営業所辺りが候補だ。今回のこともあって鎮守の指導もしやすい。あとは何か、名のある神を分霊して見張ってもらうかもしれん。酒の神であり石の神でもある須久奈比古《すくなひこ》なんかが候補になる」

「見張り。そういうのもあるんですね」

なるほど、とうなずきつつ、津々楽はうっすらとカミの幻影を思い出す。

わはははは。楽しげな笑い。

馥郁《ふくいく》たる酒の香り。

その中で噛みしめられていたもの――。

「津々楽、本当に大丈夫か？」

「はい？ 何がですか？」

「いや、ぼーっとしてるだろ、ずっと。やっぱりメンタルしんどいか？ 帰ったら風呂入れてやるから、すぐ寝たほうがいいぞ」

首をかしげて顔をのぞき込んでくる天崎は、顔は幼くてもひどく年上に思える。

余裕があって、思いやりがあって、軽やかで、自分の面倒も、他人の面倒も見られるひとだ。このひとと家に帰れば、また以前と同じような生活が始まるのだろう。

お互いの領域を侵害しないような、静かなふたり暮らし。

天崎は先輩として明るく振る舞い、津々楽はそれを追いかける。

仕事は続き、天崎はカミに食われ、鎮守は成功し、めでたし、めでたし。

(何も、めでたくは、ない)

津々楽はぎゅっと割り箸を握り、思い切って口を開く。

「天崎さん、僕、思うんですけど」

「うん。なんだ？」

天崎は一口お茶を飲み、津々楽の目を見た。

おまえの話を聞くぞ、という明確な合図だ。こういうところもいちいち大人だ。それに比べて自分は、と縮みそうになる心をどうにか奮い立たせて、津々楽は言う。

「昨日、言ったじゃないですか。俺とおまえは違う的なこと」

「言った言った。実際のところ、俺とおまえは違うからな」

「僕、あれ、よくわからないんです」

「わからない？」

天崎は繰り返し、眉根を寄せた。

津々楽は一度唇を噛んでから、軽く身を乗り出す。

「あの。カミに食われるとか、再生させられるとかの話、ありましたよね？」

「あったな。そんなに小声で言わなくてもいいぞ。一般人にとっちゃ意味不明な話だ」

「じゃあ、普通に言います。あれ、僕、酷い話だと思っていて」

精いっぱい真面目に告げると、天崎は困り顔になった。

「酷いかな。うーん……あ、ひょっとして、俺がすっごく痛い目見てると思ってる？　あれって案外痛くないんだよ。ほとんど生身じゃないからだろうけど、ぶちんとちぎれたなぁって感じがあるだけ。思ったより酷くないだろ？」

「いや、そういう話はしてないです」

津々楽が鬱々《うつうつ》と言うと、天崎はついに箸を置く。

そのまま机上で腕を組んで身を乗り出し、寄る辺ない顔で津々楽を見る。

「じゃあ、どういう話だと思えばいい？ こっちもいいかげん歳だから、逆にわからないことがあるんだよ。俺は普通じゃないけど、それでいいと思ってる。仕事にも満足してるし。……だけどおまえは若いし、何か引っかかるんだよな？」

(なんだよ。いちいち、歳だとか、若いしとか)

子供っぽい怒りだと思いながら、それでも津々楽はいらだった。

年齢の話をしてしまったら、自分たちの間で意識のすりあわせなんか何もできない。歳が違うから仕方ない、感じ方が違うから仕方ない。もちろんそういったことはあるだろう。あるだろうが、それで終わらせたくないから話しているのだ。

津々楽は座卓の端を摑み、一生懸命に言葉を重ねる。

「あの。僕は、歳の話をしたいわけじゃなくて。普通とか普通じゃないとかも、どうでもよくて。痛かろうが、痛くなかろうが、あなたが慣れていようが、どうだろうが。食われるのが、なんでもないわけない、って言いたいんです！」

「ああ……」

絞り出した本心に、天崎はなんだかぽかんとしている。

視線を逃し、次に目を伏せ、結局曖昧な笑顔になって、口を開いた。

「いや……しかし、これが俺の能力で、鎮守指導係の切り札なんだよ」

困ったような答え。

自分は天崎を困らせている。

胸がちくちくと痛み、ぎゅっと唇を噛んだ。

（わかる。わかってる。きっと、どうにもならない）

これは自分のわがままだ。自分が何を感じていようが、この部署はこうやって回ってい
て、天崎だってそれに納得している。他のあらゆる職業だってどこかは奇妙で、誰かが無
理をすることで回っていく。

不協和音なのは自分だけ。

だったら、黙っていたほうがよかったのだろうか。

そうかもしれない。

でも、と思う。

（――でも……）

「……言っても仕方のないことなのは、わかります。あなたは『平気』なんだろうし、こ
うやって仕事をしていくのが、あなたの『普通』なんだろうなって」

そこまで言って、天崎におそるおそる視線を戻す。

ひとり、と視線が合って、津々楽はほっとした。このひとと自分は何もかも違うが、天
崎は自分のことを見てくれている。

津々楽は口を開いた。

「でも、僕は、あなたが食われたら笑ってられない。そう、伝えておこうと思って」

天崎は薄く唇を開き、いったん何も言わずに閉じた。

店内のざわめきが、不思議に遠く耳に響いてくる。

まるでトンカツサウナの跡地で聞いた幻の音のようだ。

賑やかで、活気があって、楽しそうで、ごく普通の日々を送る人々の立てる音。それを遠くに聞きながら、天崎は真っ黒な目で津々楽を見ている。

そして少し目を細め、

「そうか」

と、言った。

素っ気なくはなかった。軽やかに、それでも、受け止めてくれた声だった。

津々楽は急に恥ずかしくなって、頭を下げる。

「……なんだか急に、すみません」

小さな声で謝って食事に戻る。味噌味がよく染みたモツ煮は柔らかく、ところどころぷりっとしていて、臭みなんか少しもなく、米に合う。元がなんであったかなんか関係なく、するすると胃に収まっていく。

津々楽がせっせと定食をかき込んでいると、天崎が座卓に頬杖をつく。

嬉しそうに津々楽が食べるのを眺めて、彼は言う。

「なあ、津々楽」

「はい、ほんとにすみません」

「謝ることじゃないさ」

一度言葉を切ってから、天崎は続ける。

「悲しんでくれて、ありがとな」

「…………」

津々楽は一瞬箸を止め、すぐにまた動かし始めた。

今、天崎がどんな顔なのか、見たい気がした。

でも、見ないほうがいいような気もした。

確かなのは、腹の奥がぼんやりと温かくなってきたこと。

一緒に食べる食事が美味しくて、話すときは目を合わせてくれて、心の話を受け入れてくれるのなら。多分これからも、このひとと働いていける気がする。

【3】 幽霊トンネルとバラバラ死体

「津々楽《つづら》くん、もうすっかり復活だね！」

「え、そう？」

いきなりの言葉に、津々楽は驚いて顔を上げた。

隣に座った女性が、待ってました、とばかりに笑う。すっきりとしたまぶたに乗った強めのアイシャドウが、スポットライトできらりと光った。

「そうだよ。警察辞めて落ち込んでるって聞いてたけど、もう全然じゃん？ よかった～。連絡していいのかどうかずっと悩んでたんだ」

津々楽は、はは、と中身のない笑みを零し、甘めのピクルスを箸でつまむ。

午後八時の都心のワインバーは会社帰りの男女で賑わっている。津々楽と女性は一枚板のカウンターに並んで座り、スポットライトの照らすこじゃれた料理をつまみながら、ワイングラスを傾けていた。

(ずっと悩んでた、か。確かに、一年近く連絡なかったもんな)

隣の女性は津々楽の母校の同級生だ。

津々楽は幼稚園から大学まで一貫制の学校に中学から編入しており、同級生はそこでの仲良しグループの一員だった。久しぶりに実名SNSから連絡が来て、会いたいと言われれば断る理由もない。予定を合わせて、仕事帰りに合流した。

「ごめんね、こっちから連絡しなくて」

津々楽は昔の調子を思い出しながら、当たり障りない笑みを浮かべて言う。

女性はそんな津々楽をじっと見つめ、カウンターに置いていたスマホを手に取った。

「そんなのいいんだよ〜。職場も新しくなったんだから、忙しくて当然だし。てか、私から、津々楽くん大丈夫そうだよ〜っていつメンに知らせても平気?」

いつメン、という言葉に、津々楽は相変わらずだなあと思う。

(とにかく繋がることが大事で、一緒に遊ぶのが大事。そういうグループだったっけ)

津々楽はけしてそのグループの空気が嫌いだったわけではない。

基本的にみんな、生まれ育ちがよくて気持ちのいいひとたちだ。生まれのランクが落ちる津々楽にも優しいし、遊び好きだが羽目は外しすぎない。就職だってみんなきらびやかで、お互いを褒めあうことはあっても、貶めあいみたいなことはなかった。

「大丈夫は大丈夫なんだけど。まだ新しい仕事に慣れてなくて……」

言いながらグラスを傾けると、少し渋い赤ワインがじわりと喉に染みる。香りも味も芳《ほう》醇《じゅん》だが、美味しいのかどうかはよくわからなかった。

（普段家で飲まないせいかな。元々あんまり晩酌はしなかったけど）

今は天崎《あまさき》さんがいるもんなあ、と思う。

天崎との共同生活の中で、津々楽の食生活は彼の趣味に寄ってきていた。

洋食の日だってあるのだが、どちらかといえば滋味深いもの、季節の香り高い野菜やら、肉の出汁が充分に行き渡ったものであるとか、旨味が強くなったタイミングの魚であるとかが食卓に上ることが多い。合わせる酒も淡麗なものが増えた。

女性は何杯目かのシャンパンを喉に流し込んで、肩までの髪をさらりと揺らす。

「今、勤め先どこだっけ？　やっぱお役所だよね？」

「国交省だよ」

「あー、道路とかトンネルとか造るやつ？」

「そんな感じかな。あと、ダム」

「ダムはすごいね！　まだ造ってるの？」

「昔ほど大きいのじゃないけど、まだ計画はあるよ」

「へー、すごいね。なんか一部で流行《はや》ってない？　ダム」

「カードが出たりしてるよね。愛好家がいるみたい」

「ふうん、すごいすごい。そっか、そういう仕事かあ」

「だね。結構面白いよ」

(……適当な会話してるな、僕)

自覚はあったが、今はそれが最適解なのがわかる。

このひとは自分の表面上の近況が聞きたいだけで、今後いつメングループのレジャーに誘っていいのかどうかを確かめに来ただけだ。大真面目に仕事の話をするなんてマナー違反。そういうタイプの友達なのだ。

「そかそか。じゃ、相次元気《そうじ》そうだよーってのと一緒に、仕事のことも伝えとくね!」

女性は軽やかに言うと、あとは自分の近況報告に終始した。

津々楽のプライベートの近況も聞かれたが、話せることはひどく少ない。もちろん、不思議な同居人についてはすべて伏せた。彼のことは、一から十まで目の前のひとの常識の外だろうから。

結局、お互いの推し動画配信者なんかの情報を交換し、最終的に、

「そろそろ彼女作りなよ?」

「もうちょっと落ち着いたら考えるよ」

という意味のない会話と、ワインに合うという小さなチーズケーキとフルーツの盛り合

わせで食事は終わった。

穴蔵のようなバーを出ると、初夏の日もすっかり暮れている。

空気はじとりと湿って生暖かく、夏がすぐそこで待ち伏せしているのがわかった。

津々楽は駅で女性と別れ、スマホを見下ろす。

(帰ったら……天崎さんは寝てるか)

液晶画面に浮かび上がった現在時刻を見ながら、そんなことを思った。

見た目はどうあれ習慣は老人なのか、天崎の夜は早い。ヘタをしたら二十一時に布団に入っていることすらある。それ自体何も問題ではないのだが、今は少しだけ残念だった。

帰って、あのひとと視線を合わせたかったし、笑ってほしい気がした。

そして、いつもどおりに声をかけてほしい。

(……いや、明日仕事で普通に話せるんだから、それでいいだろ)

どういう気持ちなんだ、これは、と、津々楽はふわふわした頭を引っかき回す。

久しぶりに仕事で会う人物以外に気遣いをして、少し疲れたのかもしれない。

嚙みあわない、というより、嚙みあうためだけのうつろな会話。

天崎とはそんな会話をする必要はない。

彼はぽんぽんと言葉を繰り出す。気持ちはいいが、不思議な言葉。危うい言葉。

理解できることも、できないこともある。

津々楽はそのすべてを拾おうと日々右往左往で、でも、それがけして嫌ではない。

(なんなんだろうな、天崎さんって。相棒で、先輩なのは、そうなんだけど)

それだけ、というには違うような気もするのだ。

一緒に住んでしまったから、こんな気分になるのだろうか。それとも、一緒に取り組んでいる仕事が奇妙なせい？　もしくは、天崎の生い立ちが不思議すぎるせい？

一ヶ月弱前の出張で、天崎は自分の能力について教えてくれた。

自分は食われることで、荒魂を和魂に変える能力者なのだ、と。

そして食われた端から、何かで再生される存在なのだ、とも。

(普通の悩みとレベルが違うんだよな。天崎さんがそのことで悩んでるかっていうと、悩んでないんだろうけど。多分、気にしてるのは僕だけなんだろうけど)

あれを聞いてから、ますます天崎のことが気になるようになってしまった。

気になったからといって、どうしたらいいのかはわからない。

わからないまま視線で追って、もっと話したいと思うようになった。些細《ささい》なことも、深いことも、話したいと思った。そうして話しているうちに、彼と話すのは心地よいのだな、と、思うようにもなった。

(だからって、別に、どうもならないけど)

考え込みながら、酔っ払いの多い電車に乗る。

暗い街の景色が窓の外を流れていく。

「……はぁ」

かすかなため息をつき、津々楽はスマホを取り出した。

考えすぎてしまうときは、どうでもいい動画を観るのが一番いい。ちょうど、さっきの女性にお勧めの動画配信者を教えてもらったところだ。

津々楽はポケットからイヤホンを取り出して耳の中にねじ込んだ。

(えーっと。名前、なんだったかな)

検索枠を前に考えながら、漠然とおすすめ欄を見た。

パステルカラーのアバター動画の下に、対照的な黒々としたサムネイル。

なんとなく気になってスクロールすると、トンネル、という文字が見えた。

そういえばさっき、道路やトンネルの話をしたっけ、と思う。

サムネイルの動画は、動画配信者が山奥の幽霊トンネルを歩く、というもの。

ライブ放送——生放送だ。

(……これ、うちとか警察にちゃんと許可取ってるのかな。取ってないだろうな。場所も明言しないし、夜中にこっそりだからいいだろ、って感じか？)

途端に職業病が首をもたげる。

無視できなくなってしまった津々楽は、サムネイルをタップした。

『――ですよね？　見てください、ついに、やってきてしまいました。最恐の、オカルトスポット！　幽霊トンネルですっ……！』

パーカーにキャップにホットパンツ、ピンクに染めた長い髪という、なんとなく非現実的なファッションの女性配信者が、暗い夜道に立っている。

(トンネルだから当然だけど、山だな。道が荒れてる。旧道かもしれない)

この間道路について調べたせいで、以前より道のことが目につくようになっていた。

動画配信者はひらりとトンネルの前に出る。

映さないようにはしているが、立ち入り禁止の立て看板らしきものがちらりと観えた気がした。土嚢《どのう》らしきものも積まれているのに、配信者はひるまない。

『このトンネルは開通間近で放置されてしまったものですが、現在は幽霊スポットとして、たいっへん！　有名になっています！』

(開通間近で放置？　危なくないのかな)

ますます心配になって、ライブのチャット欄を眺める。

そこそこの速度で流れていくチャットは、

『みるるちゃん、応援してる！』

『怪奇スポット系待ってたよ～！』

などという、ファンからの応援の文言がほとんどだ。

ごくたまに、

『不法侵入じゃないの？　許可取った？』

といった批判コメントもあるにはあるが、皆、こういった配信に慣れきっている。

画面の向こうで起きることは他人事で、面白いのが一番、その他のことは五番くらいから下の優先順位なのだろう。

（いちいち気にしてられないのも、わかるけど）

なんだかもやもやするな、と配信画面に視線を戻すと、そこには女がいた。

さっきの配信者ではない。

もうひとり。

トンネルの前にたたずむ女が、いた。

「っ……！」

まだ車内なのにもかかわらず、悲鳴が喉に引っかかる。

津々楽はとっさに手のひらで自分の口を塞ぎ、恐怖心を殺して目をこらした。

――いる。

やっぱり、いる。

見間違いなんかじゃない。

せっせと喋っている配信者の行く先に、薄汚れたワンピースを着た女が立っていた。

顔は、わからない。

なかったので。

首から上がない、首なし女。

（ゆ、うれい？　こんな、はっきり？）

自分の見ているものがすぐには信じられずに、津々楽はもう一度チャット欄に視線を移した。流れていくチャットは相変わらずで、幽霊スポット配信への期待やら、場所への予測、配信者への応援やら質問、自分の近況やら、そんなものばかり。

（誰も、首なし女の話はしてない）

ということは、見えていないのか。

あれが見えているのは、津々楽の霊感のせいなのか。

津々楽は確かに、一年前からカミが見えるようになった。この力を、津々楽も周囲も霊感と呼んでいる。とはいえ、今まで見えていたのは、カミ。あからさまに『幽霊』らしきものが見えたのは初めてだった。

何度見直してもトンネル前には首のない女が立っているし、配信者はずんずんその女のほうへと歩いていく。

（おいおいおい、やめろよ、やめろって）

じわりと焦《あせ》りが腹から這い上がってくる。

どうにかしなくてはいけない、という気持ちと、どうもできない、という気持ちがくっついて、ねじれて、どうしようもない。チャット欄に書き込めばいいのか、とも思うが、配信者はろくにチャットを拾えている様子はなかった。

『このトンネルの幽霊なんですけど、色んなパターンがあるらしいんですよ。パターンっていうのは、こう、体の一部がね、欠けてるらしいの。で、どこが欠けてるかのパターンが、色々あるらしいです。怖いですよね、あ、いたた……』

恐怖と緊張でこわばっていた配信者の顔が、ふと不自然にゆがんだ。

頭を大きく傾け、あらわになった白い首を片手でさする。

『すみません、ちょっと首が痛くなっちゃいました。ひねっちゃったかな……それとも霊障ってやつですかね？　このトンネル、近づくと段々水の匂いがしてきました。濡れてるんですね。濡れてるところって、幽霊が出やすいんだそうです！』

なんの根拠があるのかもわからない話をしつつ、配信者はまだ歩いていく。

そのとき、ちょうど津々楽の乗っている電車が最寄り駅に停まった。外の駅名を確認し、津々楽は足早に電車を降りる。その間も、視線はスマホに釘付けだ。

入れ替わりで電車に乗ってきた年輩のサラリーマンが、あからさまに顔をしかめる。

「歩きスマホ、危ないよっ」

「すみません……！」

肩を縮めてホームを歩き、中央のベンチに座った。

配信者は続ける。

『わあ、ほんとにびしゃびしゃだぁ……んん？　しかも、なんだろ？　あったかい？　あー、あったかいですよ、ここ。なんだろ……湿ってて、あったかくて、暗くて……やだなあ。この感じ、あ、いたたっ、ごめんなさい、ほんとに首、痛いや。いたぁッ！』

配信内で甲高《かんだか》い悲鳴が上がり、津々楽はびくりとした。

悲鳴の大きさに、さすがにチャット欄もそれを無視できなくなっている。

『どうしたの？　大丈夫？』

『無理しないで、一回休んでください！』

『やらせとかだったら、やめてほしいです。幽霊スポットだっていうだけなら面白いけど、やらせ系はほんと苦手なんで……』

（やらせの声じゃない。わからないのか）

津々楽は額《ひたい》に汗が浮かぶのを感じながら、ひたすらに画面を見つめた。

配信者はふらふらと進む、進む、進む。その間もずっと首をさすっている。

幽霊はそんな彼女を待ち構えて、ただひたすらに立っている。

あと何歩で、配信者はあそこへたどり着いてしまうのだろう。

「……まずい……」

津々楽はついに我慢できなくなり、チャット欄に書き込む。

『止まってください。その先は危ないです』

『途中で放棄された施設に立ち入らないでください』

『首を大事にして。とにかく、止まって』

タイムラグのあと、津々楽の打ち込んだ文字列がチャット欄に吐き出される。

ほとんど同時に、配信者はダンスを踊るようにくるーりとスピンして、幽霊にぶつかった――と思いきや、気づけば幽霊は消えている。

「え……？」

津々楽は身を乗り出した。

配信者の陰になっているのか、とも思ったが、違うようだ。いない。幽霊らしき姿が、影も形もなくなっている。

ほっとしていいのだろうか。

スマホを顔に近づける。

次の瞬間、何かが、カメラの目の前に落ちてきた。

画面が真っ黒になる。

女の悲鳴。

ぶつり、と映像が切れた。

どっ、と汗が噴き出してきたのを感じ、津々楽は荒い息を吐く。
(落ち着け、落ち着け、落ち着け)
配信者の狂言、自分の見間違い、色々な可能性はあるが、一番高い可能性は明らかだ。
自分が何か、禍々しいものを見てしまった、という可能性である。
「っ……URL……」
動揺したままの指で動画のURLを共有する。
共有先は、今ごろ寝ているであろうひとのメッセージアドレスだ。
起こしていいのか、と一瞬考えはしたが、彼はそんなことで怒るような人間ではない。
共有が済んだのを確認し、津々楽は早足でホームを抜ける。
階段を下り、上がって改札を通り、駅の外に出た。
そのタイミングでスマホが震える。
取ってみると、メッセージアプリ経由で、音声通話の通知だった。
「天崎さん、夜遅くにすみません。寝てましたよね」
『いや、いいよ。さっきの配信URLだけど、何があったって?』
スマホから聞こえる天崎の声は、少しかすれてはいるが、言葉ははっきりしている。
津々楽は心底ほっとして、大股で歩きながらさっき見たものを説明した。
「偶然観た配信ですし、いたずらかもしれないんですが……」

説明し終えたあとで、少々気弱な自分が目覚める。偶然霊感のある自分が偶然観た配信に偶然幽霊らしきものが映るなんて、ものすごい確率ではないだろうか。何もかもがいたずら、もしくは自分の見間違いなのかもしれない。

この霊感自体、目覚めてすぐのころは、皆に気のせいだと思って心配された。

——大丈夫か？

溜まりに溜まったメッセージを思い出すと、津々楽はぶるりと震える。が、天崎の返答はきっぱりしていた。

『教えてくれてありがとう、津々楽。助かったよ』

「……ひょっとして、カミがらみの案件の匂い、します？」

まだ自信のない聞き方をしてしまうが、天崎は即答だ。

『ぷんぷんする。山間部のトンネル付近だったんだろう？　しかも、途中で放棄されてるトンネルなんだよな』

「配信者はそう言ってました」

『よし。まずは動画が撮られた正確な場所の特定から入る。ただまあ、相手の正体はわかったようなもんだ。山神《やまつみ》だろう』

「山神」

口の中で繰り返し、津々楽は今まで調べた知識を探る。

日本の山には様々な山岳信仰がある。全国各地に天狗《てんぐ》が修行したという山があるし、山そのものが神として崇《あが》められることも珍しくない。

（いわゆる山神って、どれなんだろう。それとも全部？）

問いが浮かぶが、もうすぐ天崎の待っているマンションに着く。

「天崎さん、そろそろ部屋に着きますから、あとは直接」

『わかった』

ふたりは相次いで通話を切り、津々楽は急いでオートロックを抜ける。

五階の外廊下を足早に抜けると、自宅である五〇四号室の扉がうっすら開いているのが見えた。力加減をして扉を引き開けると、三和土《たたき》にたたずむひとと鉢合わせする。

古典的なパジャマをまとった天崎の目は、もうすっかり目覚めていた。

「あの、天崎さん」

「津々楽、さっきの話だけどな」

「はい」

津々楽はなぜか、少し唾を飲み込んだ。

自分は、緊張しているようだった。

なぜかといえば、目の前のひとが緊張しているから……らしい。

（天崎さんが、仕事のことで、緊張？）

改めて見つめ直したが、やはり、天崎のきれいな顔は緊張でこわばっていた。

天崎は言う。

「少し心構えをしておいてくれ。この案件は、死人が出る」

◇

翌日、N県とY県の県境にある旧道のトンネルには、パトカーやその他乗用車がひしめいていた。

「このへんに駐めるしかないですね」

「ああ。あとは歩こう」

津々楽と天崎は車列の最後尾に車を駐め、外に出る。

ふわりと鼻先に土の匂いが漂い、目の前には緑の景色が広がった。山に張り付いた旧道から見えるのは、連なる緑の山々の姿。そしてその麓に広がる街の景色だ。

(何もなければ、ただきれいな景色だったんだろうけどな)

津々楽は目を細めて周囲を見渡す。

緊張で視界が変に鮮やかになり、まるでCGで作られた映画背景の中にいるかのようだ。

天崎のほうを見ると、彼は景色よりも切り立った山そのものを見上げていた。

華奢な顎を指でこすり、天崎はうなずく。

「なるほどなぁ。――よし。行くぞ、津々楽」

「はい」

先に歩きだした天崎について、津々楽はうっすらと傷《いた》んだ車道を上っていく。

上りながら、天崎は口を開いた。

「……そろそろ、俺がどうしてこの案件は人死にが出るって言ったか、説明するな」

「はい。お願いします」

少しばかり緊張しながら、津々楽が答える。

天崎は行く先を見据えながら続けた。

「山神ってのはそもそも荒々しいもんなんだ。何せ山は膨大なエネルギーの固まりで、あらゆる生と死を内包してる。それは大前提としてだな、土着信仰における山神ってのは、妬心《としん》のカミなんだよ」

「としん……？」

「嫉妬心な。嫉妬心」

「ああ、そっちですか」

津々楽は少し驚いて言う。山神なんていうから、もっと自然的な、超越存在のようなものを想像していたのに、嫉妬だなんて。

「まるで、人間みたいですね」

「うん。山神は、女だと言われてる。しかも、醜女《しこめ》だ」

「えっ、カミなのに、性別と容姿まで限定されてる？」

「ああ。昔は山で働くものは男が圧倒的に多かったせいかもしれない。とにかく、山の神は男好きの醜女で、美しい女が山に入ると妬心で殺してしまうと言われているんだ」

「妬心で、カミが、女を」

生々しい話すぎて、うっすら開いてしまった口が塞がらない。

とはいえ、津々楽はこの山神の話を『馬鹿馬鹿しい』と一蹴《いっしゅう》できない。実際にこの目で――もしくは霊感で首なし女の姿を見たし、ここでひとり、ひとが死んだ。配信者としてそれなりに名をなした、美しい女が。

「つまり、山神って、人間を殺すカミなんですね……？」

「そういうことになるな」

話しあうふたりは、ほどなく警察関係者や報道関係者が早口で喋っている声、通信の音などに押し包まれた。

（……困ったな。勝手に前職のモードに切り替わりそうだ）

津々楽の肌は、まだこの空気を覚えている。

目立たないようこめかみを押さえ、津々楽はそっと呼吸を整えた。

いくらなじんだ空気だとはいえ、自分はもう辞めたのだ。その証拠に、通行止めの三角コーンの前で、所轄の警察官が自分たちを止めに入った。

「はいはい、通行止めです！　関係者以外は入らないでください！」

「関係者以外って、俺たちは――」

天崎が小さく肩をすくめて喋りだしたので、津々楽は急いで前に出る。

「あの、国交省です。このトンネルについて調べなきゃならなくて」

津々楽が『国土交通省』と書かれた作業ジャケットと、首から提げた名札を見せる。

警察官はそれを怪訝そうに眺め、『面倒だな』とはっきり顔に出した。

「国交省？　予定があったんですか？　だとしても、この先のトンネルで事故がありました！　捜査が終わるまでは立ち入り禁止です。どうしてもと言うんだったら、そのへんで待機しててください！」

「捜査、どれくらいで終わりそうですか」

「わかりません！」

警察官は乱暴な大声で叫んだ。

（こんな地方じゃ機捜もない。初動捜査が終わるのを待ってたら日が暮れるな）

津々楽はちらと腕時計を確認する。現在、朝の九時過ぎ。

まだ緊張が続いているからいいが、しばらくしたら長距離移動の疲れも出るはずだ。

今後の動きを考えながら、津々楽は昨晩からのことを思い出す。

津々楽が帰宅してから、天崎がトンネルの場所を絞り込むのはあっという間だった。

アナログ地図をリビングいっぱいに広げ、猛烈な勢いであちこちに電話をかける。鎮守指導係関係、国交省関係、果ては警察関係者まで。人脈と経験を目いっぱい使いこなし、津々楽の観た動画の条件に当てはまるトンネルをリストアップし、絞り込んでいく。

神矢からもぱたぱたと地図や写真が送られてきて、ほどなく特定完了。

そのあと、

『今、地元の警察を現場に向かわせてる。連絡が来るまで少し寝てから、俺たちも現地に向かおう』

と言ったのだ。

津々楽は正直、天崎の豪胆さに舌を巻いた。

(死人が出るってはっきり宣言しておきながら、自分が現場に行くことにためらいがないんだよな。しかも、そんなときにきっちり仮眠まで取ってたし)

普通なら、人が死ぬような事件に関わったら眠れなくなる。

警察官だって最初は無理な者も多いのに、天崎は普段着に着替えたうえでこてんと眠りこけてしまった。

そして、夜中の二時半過ぎ。

『見つかりました。女性の首なし死体です。服装は通報のとおり――』

トンネルの地元警察から、連絡が届いたのだった。

その後取るものもとりあえず大急ぎで部屋を飛び出し、現場に向かって、今現在だ。

天崎は完全にいつもの調子で細い腰に両手を当て、不満そうな声を出す。

「いつまでも待ってられるほど暇じゃないんだが！　いいか、今回の事件は、俺たち国交省鎮守指導係が捜査協力に入るって決まってるんだよ」

「調査協力……？」

「そう。聞いてないなら俺がそっちの上に連絡するけど、いいのか？　きみが自分で先に確認するなら、待ってやらないでもないぞ」

堂々と言い放たれた内容に、警察官はわずかに顔を引きつらせる。

津々楽はなんともいえない気分で、天崎と警察官を見比べる。

（天崎さん……。警察は上下関係が絶対で、年功序列じゃない。『上』の話を出されたら無視しにくいのを承知で、ごりごり圧かけてるな）

「……時間をください」

警察官は引きつりを残したまま、きびすを返してトンネルへ向かい、ほどなく早足で帰ってきた。彼は感情を殺した顔になり、天崎と津々楽を通行止め三角コーンの先まで入れてくれる。

「失礼しました。わたし、巡査部長の永井《ながい》と申します。鎮守指導係の天崎さんと、津々楽さん、でしたか。現場までご案内いたします」

「お～、無事に確認取れたみたいだな。俺が天崎だ。よろしく、永井」

「津々楽です。よろしくお願いします、永井さん」

天崎は堂々と、津々楽は控えめに挨拶して、永井の後に続いた。

（あそこだ。動画の場所）

ほどなく、事件現場の全容が津々楽たちの目の前に広がる。

カーブの向こうに出現したトンネルは、それなりに年季が入って見えた。

十年やそこらではない――二十年、三十年は野ざらしなのではないか。

トンネルの名を刻んだ銘板はなく、代わりに錆びきった『立ち入り禁止』看板が山ほど立てかけられている。本来灯りもついていないであろうトンネル内部を、今は警察が持ち込んだ照明が照らしていた。

コンクリートむき出しのトンネル内はじっとりと濡れている。

そこに張り付くようにして、鑑識のつなぎを着た人々が動いていた。

「ここで何が見つかったかは、もう報告を受けておられると聞きましたが……」

永井が聞いてきたので、津々楽はうなずく。

「はい。首のないご遺体が見つかった、と」

「そうなんです。ご遺体はトンネル内で仰向けに倒れていました。ちょうど今、鑑識が動いている辺りです」

トンネルの際まで来て、永井が事件現場を指さす。

動画の印象よりも少しみすぼらしく見えるトンネルは、二車線にしては少々狭めだ。少なくとも、バスや大型トラックがすれ違うのは難しいだろう。『開発中止』と聞いていたとおり、のぞき込んだ先は土砂に埋もれている。

現場で永井が喋った状況報告は、こうだ。

天崎の『このトンネルで事件が起こった』という突飛な通報により、地元の警察がこのトンネルへやってきたのは本日、午前二時。

辺りに人けはなく、トンネル内には撮影用のライトが落ちていた。

そしてライトの前には、動画配信者の遺体が転がっていたのだという。

血溜まりの中に倒れていた死体には、首がなかった。

「首はどの部分で切断されていたんだ？　トンネル内に首はなかったのか？」

ベテラン刑事並みに淡々とした天崎の問いに、津々楽はしみじみ舌を巻いた。

永井も戸惑いをにじませながら、それでもメモ帳を取り出して語りだす。

「ご遺体の頭部は、首のほぼ中央部分で断ち切られておりました。鉈《なた》のようなもので落とされた模様で、首そのものはまだ発見されておりません。死因など詳しいことはこれからですが、外傷は首以外には擦《す》り傷程度です」

「なるほどなあ。鉈かあ。死んだあとギコギコやるより大分力がいるな。……ちなみに、被害者の身元ってのは？」

「横浜市《よこはまし》在住の二十四歳、高田裕子《たかだゆうこ》です。一般企業勤めで、動画配信は副業。動画の撮影、編集を受け持つ無職の同居男性がいましたが、そちらとは現在連絡が取れておりません。高田が所有している乗用車も、登録場所にないようです」

ふーむ、と天崎は腕を組んで続ける。

「聞いたかぎりじゃ、高田は同居男性と一緒に自家用車でここに来た確率が高そうだな。こいつが観た配信も、カメラマンは実況者とは別にいたそうだし」

「ですね」

津々楽はなんとなく自分の頬をさすりながらうなずき、背後の道を指さす。

「同居男性は、カメラマンとして被害者の自家用車に同乗。動画の始まった地点からして、おそらくこのへんに車を駐めて、配信を始めた」

「で、配信中に高田の様子がおかしくなり、カメラマンは配信を切った、と」

天崎の言うとおり、そこまでが客観的な事実だ。

だが、その配信の裏では何が起こっていたのだろう？

（警察は、カメラマンをしていた同居男性を一番に疑うはずだ。もちろん、それが自然だ。

鉈で首を落とす力があるあたりから、成人男性が犯人像に浮かぶだろうし……元から配信者に対し殺意のあったカメラマンが、辺鄙《へんぴ》なところで被害者を脅しつけるなり、何かにおびえた被害者を隙を見て殺し、首を取って、車で逃亡）

ひとつひとつ考えていくが、この流れにも不自然なところはいくつもある。

その一、被害者である配信者は何におびえて様子がおかしくなったのか。

その二、同居男性はどうして首を落とすなんていう殺し方をしたのか。

その三、なんで首を持ち帰ったのか。

（普通に考えたら不自然なところには、カミが関わっているはずだ。高田さんに首がなかったのも、僕が見た山神らしき女に首がなかったのと関係あるはず。だけど……警察はこんな話、信じないだろうな）

津々楽がそこまで考えたとき、トンネルから少し下ったところの道で、新たな車が駐まる気配がした。続いてどやどやと、数人の私服の男たちが道を上ってくる。

「お、新しいお客さんだ」

トンネル内から道のほうをうかがう天崎に、津々楽は小声で囁く。

「刑事ですよ、あれ。感じが、そうです」

「あー。応援ってことか？」

坂を上ってくる男たちに共通しているのは、いささか鋭すぎる目つきと鍛えられた体つきだ。誰もがうっすらと緊張感をまとい、こちらへと向かってくる。

その中に、津々楽は見覚えのある顔を見つけた。

「…………！」

ひゅ、と、息を呑む。

ズボンのポケットに入れてあるスマホが、かっと熱くなった気がした。

気のせいだ。スマホは震えていない。

坂道を上ってくるグレースーツの男。長身のうえ、なんとなく手が長いのが印象的な男だった。脇を刈り上げたベリーショートの髪型の下には角張った精悍《せいかん》な顔が見え、眉毛もきりりと太い。

意志の強そうな顔が、ふと視界に津々楽をとらえた。

男は大きく目を瞠り、スーツの下の筋肉を躍動させて目の前までやってきた。小柄ではない津々楽を、さらに高いところからのぞき込む。

「おまえ……津々楽！　津々楽だな⁉」

「久しぶりです……喜内《きうち》さん」

平気そうな顔ができたし、平気そうな声も出た。

だからきっと大丈夫だ。

もう、あの日から一年以上が経ったし——と思ったとき、喜内は大声で言う。

「おい、大丈夫なのか？　なんでこんなとこに出てきたんだよ！」

ぐわん、と頭に声が響いて、津々楽は目が回る。

「仕事、ですから」

どうにか取り繕って声を出すと、喜内に強い力で肩を掴まれた。

「仕事って、国交省だろ？　事故はともかく、こいつは十中八九殺人事件だ。おまえの管轄じゃないよ。それに……詳しくは言えないが、刺激が強すぎる。医者行ってるか？　カウンセリングは？　あんなことになったの、たったの一年前だろ」

険しい顔でまくしたてられ、津々楽の胸はかすかに痛む。

（心配させてる。また）

一年前、津々楽が霊感に目覚めたとき、津々楽は少し壊れた。

ひとりで姉一家を食ったカミと対峙《たいじ》し、おかしくなった。

所轄の刑事が駆けつけたとき、真っ暗な家には人間の破片が一家族ぶんあった。

津々楽はそれを拾い集めて皿に載せ、美しく食卓に配置していたらしい。そうして、駆けつけた刑事――当時の相棒だった喜内に、言ったのだそうだ。

『喜内さんも呼ばれたんですか？　ちょうどいい、食ってってください』

大事な相棒に、最悪を見せてしまった。

しかも津々楽は、それをまったく覚えていない。

カミと対峙して意識が消えたあと、自分は精神病棟にいたらしい。入院当時の記憶もまた、断片的で曖昧だ。面会に来た人々にあとから話を聞いても、言葉を濁されてしまって具体的な様子を知ることはできなかった。

それくらいに、入院時の津々楽の様子は衝撃だったらしい。

薄くなった体とぎくしゃくした心を抱えて退院したあとも、周囲は津々楽を腫《は》れ物のように扱った。津々楽にできたのは、皆に、大丈夫、もう大丈夫だから、と繰り返し、彼ら、彼女らの言うとおりにすることだけだった。

周りの勧めで、警察官の職を辞した。寮を出て、世話をされたマンションに引っ越し、病院とカウンセリングに通いながら過ごすことにした。一家離散を経験した津々楽に、死んだ姉以外に連絡する家族はいない。孤独で、静かだった。

唯一うるさかったのは、手元に戻ってきたスマホだけ。

『大丈夫か』

相棒の――いや、元相棒の、ぶっきらぼうな定時連絡。

それだけは、入院前と変わらず続いていた。

嬉しい、と思った。日常が帰ってきたようで、ほっとした。

ただ、完全に元の日常が帰ってきたわけではないというのもすぐにわかった。

かつては『調子はどうだ』だったメッセージは、『大丈夫か』に変わり、喜内は自分の近況を話さない。だってもう、相棒ではないから。

津々楽は弾き出された。このメッセージは、哀れみだ。

そう思ったから、津々楽はメッセージに返信できなかった。

やがて既読にするのすらやめてしまったメッセージが降り積もる。どこまでも、どこまでも。

「なあ、聞こえてる？」

思いきり近くで、喜内が声を張り上げた。

津々楽はびくりと全身を震わせて、反射的に喜内を見上げる。

「聞いてますよ。大丈夫です。あの、医者はもう、復職は問題ないって……」

「問題ないって顔してねえから聞いてんの！　ほんとに大丈夫か？」

「えっ。あ……」

頭の中で火花がぱちぱちしている気がする。何もまともに考えられない。

津々楽が呆然とたたずんでいると、喜内の仲間らしき刑事が鋭い声を出す。

「おい、喜内！　何油を売ってる！」

「すみません、今行きます！」

喜内は仲間に答えてから津々楽に向き直り、少し早口になった。

「とにかくさ、ここは俺に任せて帰れ。おまえは無理しないほうがいい」

「……そ、れは」

真っ白になって、津々楽は固まる。

その腕が、不意に誰かに掴まれた。

「喜内。きみ、所属はどこだ！」

天崎だった。天崎は津々楽を自分の後ろへ引っ張り込みながら、じっと喜内を見つめている。喜内は天崎に不審そうな視線を投げた。

「ん？　学生？」

「俺は天崎志津也《しずや》。こいつの上司で相棒だ。で、きみは？」

「上司で、相棒……？」

喜内は天崎の羽織った国土交通省のジャケットを見つめ、するりと大人の仮面をかぶる。

礼儀正しく笑い、警察手帳さえ開いて見せた。

「俺は喜内鷹志《たかし》といいます。階級は警部補。津々楽とは、所轄で一緒でした」

「ほー。で、今は捜査一課？」

手帳の文字を読み取った天崎が小首をかしげている。

津々楽もこくりと唾を飲み込んだ。捜査一課といえば、刑事部の中でも強行犯の捜査に当たる、叩き上げエリート刑事集団だ。

（出世、したんだな）

祝福したい気持ちと、重く苦い何かがごちゃごちゃになって胸に詰め込まれた。

喜内は津々楽よりふたつ年上だが、ほとんど同期のように仲良くしてもらっていた。それが今は、あまりにも遠い。

津々楽が何も言えないでいる間に、天崎が続ける。

「捜査一課が来るには早すぎないか？　こいつを凶悪殺人事件だとして合同捜査を張るにしても、昨日の今日だぞ」

「ああ、別件なんですよ」

喜内があっさりと言ったので、思わず津々楽も顔を上げる。

「別件……？」

「そう。一ヶ月前この辺りで死体が出て、ちょうど俺たちが捜査中だったんです。そっちもバラバラ死体だったんで、今回の事件も関連性があるかもしれないということになりました。それで、ついでと言っちゃなんですが、捜査に……」

「おい、喜内ィ！」

喜内の話を、最高にいらだった男の声が遮る。捜査一課の仲間だろう。

喜内は声のほうを振り向いて、

「今行きます！」

と、叫び返した。

そのあと津々楽を真っ正面から見つめ、言い聞かせるように言う。

「この事件はおまえには刺激が強い。自分を大事にしろよ。いいな？　じゃ、また」

「……はい。頑張ってください、喜内さん」

津々楽はつぶやき、遠ざかっていく喜内の後ろ姿をぼんやりと見送った。

嵐だ、と思う。いきなり心の中をかき回されて、そのまま放り出されてしまった。

そんなことを思って立ち尽くしていると、ぎゅっ、と腕に温かな力を感じる。

下を向くと、天崎が自分を見ている。

静謐《せいひつ》で、まっすぐで、どこまでも深い瞳。

見つめていると自然と体から力が抜けて、要らない思考も抜けていく。

「……天崎さん」

「なんだ」

「あの。……ありがとうございます」

心の底から言った。何がどうありがとうなのか、説明はできない。

でも、ものすごく助かったことだけは、確かだ。

「なんだ、それ」

天崎はこともなげに笑い、すぐに真剣な面持ちになった。

「それより、調査を急ごう。捜査一課はこの事件を人間のせいにする。警察なんだから当たり前だ。だけど俺たちは知ってるよな？　これは、カミの事件だって」

「――はい」

ゆるゆるとうなずきながら、津々楽は天崎の言葉を嚙み砕く。

天崎の言ったことが正しいのなら、この事件を引き起こしたのはカミだ。

醜女のカミが、美しい動画配信者を殺した。

だが、警察はそんなことは認めない。真犯人を捜して冤罪《えんざい》を生み、その間もカミは他の人間を殺し続ける。考えるだに恐ろしすぎる話だった。

天崎はトンネルの壁を見つめながら言う。

「あいつ、他にもこの辺りでバラバラ死体が見つかったって言ってた。いくら凶暴な山神だからって、こんな短期間に猟奇的な死体を生みまくるのは異常だ。荒魂化していると思って間違いない。俺たちは山神を鎮める方法を見つけて、実践しなきゃならない」

「ですね。一刻も早く」

津々楽は緊張してうなずいた。がちがちになった背中を、天崎の手のひらが軽く叩く。

「ここからはおまえが頼りだ、津々楽」

◇

「神明《しんめい》神社。ここで合ってそうだな」

「いやあ、結構登りましたね……」

その日の昼過ぎ、天崎と津々楽は小さな神社の前にいた。

山のてっぺん近くに設けられた鳥居は赤く塗られた木製で、ところどころ塗装の剝がれが目立ち始めている。奥には砂を撒かれた円い広場があり、古びた本堂と、手水場《ちょうずば》、倉庫、さらにふたつほど小さな社が見て取れた。

周囲へ視線をやれば初夏の青い空が頭上いっぱいに広がり、山の下には地方都市の景色が広がっている。ところどころ田畑も見え、のどかさと都市生活の両方が味わえそうな場所だった。

(景色は最高だけど……これだけ山の上だと、このへんの集落での生活は大変だろうな)

津々楽はそんなことを考えながら、ハンカチで汗を押さえた。

刑事事件の現場で崩れた調子は、こうして鎮守指導係らしい現場に戻ることで大方元に戻ってきたような気がする。体は疲れても、心は大分晴れやかだ。

「うん、まあまあ整備の行き届いた神社じゃないか。市役所じゃ『宮司《ぐうじ》もいないし、廃社になってるかも～』なんて脅すから、ひやひやしたぜ」

天崎は山の風にまっすぐの髪を揺らし、神社に一礼してから鳥居をくぐる。

津々楽も後に続きながら、天崎に問いを投げた。

「ここがこの山唯一の神社ということは、御祭神は山神と思っていいんですか?」

「だといいんだがなあ」

天崎の返事には含みがある。

ふたりがここに来たのは、この山の山神について調査するためだ。

ひとを殺す荒魂となった山神の成り立ちや本質を知ることで、祀り方がわかる。荒れたカミを鎮め、正しい祀り方をして和魂へ戻してやることが鎮守指導係の仕事である。

そのためにはまずは地元の信仰を知ること、なのだが。

「名前からしてちょっと怪しい」

「名前」

繰り返して、津々楽は社の様子を観察していく。

「神明神社。神明って、地名じゃないですよね。神さまの名前?」

「ん〜。天地神明に誓う、とか言うだろ? あの神明。つまり、神さまってこと」

「一般語……です?」

「そう、漠然としてる」

そういう神社は多いけどな、とぼやきながら天崎は神社の境内《けいだい》に入っていった。

辺りには雑草が目立ち、落葉もぱらぱらと散乱している。とはいえそれらは飛び石を覆ったりはしていない。最低限の手入れはしてあるのだ。手水場の水も干上がってはいるが、中に乾いた花が張り付いている。誰かがわざわざ水に浮かべたのだろう。

ほどなく、倉庫のほうへ行った天崎が大きな声を出した。

「おっ、連絡先がある！ 管理者、いそうだぞ！」

「よかったです！ 連絡、つきますかね？」

「とにかくかけてみる」

天崎はスマホを取り出し、しばしの沈黙ののちにからりとした声で話しだす。

「――あ、どうも！ 神社の看板を見てご連絡さしあげております。はい、わたし国交省の者でして、天崎と申します。神明神社の管理についてお話が……なるほど？ では、今はどのへんに？ はい、はい。今日は帰っていらっしゃらない？ 可能でしたら、電話だけでも――あ、なるほど。わかりました、メモします」

（……なんだろう。家にいないのはともかく、今日は帰らないって）

津々楽は気になり、手水場から首を伸ばして天崎の様子を見守った。

彼はポケットから取り出した小さなメモ帳に、ちまちまと何かメモをしている。

そうして、また新たに別の番号へ電話をかけ始めた。

「こんにちは、わたし、国交省の者でして、天崎と……え？ いえいえ、そうじゃないんですよ。今ね、神明神社というところにいまして。こちらの管理を――あー、はい。当番というのがあるんですね？ それで、次の当番さんは？ はい、ではそちらにご連絡いたします。ご協力ありがとうございました！」

（当番？　なんの？）

「失礼します、わたし、国交省の天崎と申します。神明神社の管理につきまして、青海《おうみ》さんから、今の当番はそちらだと聞いてお電話を……そうなんですよ。はい、はい、はい」

三人目になって、やっと天崎の声音が明るくなった。

電話しながら手招きされたので、津々楽は素直に彼の傍らに行く。

天崎は愛想のいい調子で電話を切ると、ふう、とため息をついた。

「ぎりぎりどうにか繋がった。ここの管理、そもそも周辺の三つの家が順番に行ってたみたいなんだが、最近はお互いあんまり連絡も取りあってないらしい」

「連絡を取りあわない……こんな山の集落でですか？」

そんなことが可能なんだろうか、と思って津々楽が聞くと、天崎はスマホをしまいながら小さく肩をすくめる。

「妙だよな。ひとりは普段は下の街で暮らしてる、当番のときしか山に登らないし、今は忙しいから勘弁してくれって。もうひとりも今は家の事情でそれどころじゃないし、当番じゃないから行きたくない。で、最後の磐司《ばんじ》さんってのが来てくれる」

「なるほど。とにかく、ひとり来てくれるんなら、話は聞けますね」

「ちなみに交換条件があってな。このへんの掃除をしたら話してやるってさ」

「えっ……」

「掃除道具は裏の倉庫だって！」

天崎は平気な調子で言い、裏のほうへと歩いていってしまう。

慌てて追いながら、津々楽はこそこそと話しかける。

「第三者をこき使うって、ちょっと横暴じゃないですか？」

「それだけこの神社から心が離れてるってことだよな。ほい、くまで。津々楽、くまで使ったことあるか？」

鍵のかかっていないロッカーから出てきたくまでに、津々楽は瞬きをする。

「初めてです。箒《ほうき》とは、違うんですか」

「よし、先に俺がざっと整えるから、おまえは最後に広場の砂をきれいにしてくれ！」

「えっ、待ってください、何もわかりません！」

慌てる津々楽に天崎が軽い笑い声を立て、手際よく葉っぱやゴミを神社の隅へと寄せていく。どうやるんですかそれ、などとワイワイやっているうちに時間は経ち、この神社を管理しているという磐司が到着した。

「あっ、本当にやってくれてるんだ。ありがとう」

瘦せぎすの険しい顔を少し緩め、古びたスニーカーで境内に入ってくる。

磐司は四十代後半の女性だった。

津々楽たちは急いで掃除用具を片付け、かしこまって名刺を取り出す。

「磐司さんですか。わたし、国交省の津々楽です」

「俺が天崎です。先ほどは突然お電話してすみません」

「いえ、こちらこそ掃除なんか押しつけてすみません。……で、ご用は？」

単刀直入に問われ、津々楽は磐司に強い警戒心を感じた。

元からの性格なのか、何か他に理由があるのか、どちらなのだろう。考える津々楽の横で、天崎はにこにこと小さな缶バッジを取り出す。

「俺たち、鎮守指導係といいまして、各地の鎮守について調べたり、指導したりというのをやってます。あ、これ、バッジ。要ります？」

津々楽初見のそれは、解像度を間違ってがびがびになった画像の上に、真っ赤なゴシック体で『正しい鎮守で美しい国を！』と書かれた雑な作りだ。

磐司はそれをさりげなく手のひらで押し返しつつ、天崎の顔をじっと見つめた。

「指導って言われても、ここは人手がなくて難しいんですけど」

「そりゃそうですよねえ、どこも人手不足、うちだってそうですよ！」

天崎は明るく言い、津々楽はなるべく柔和に続ける。

「神社のお世話が三つの家で持ち回りになったのは、最近なんですか？」

対する磐司の返答は素っ気ない。

「私が物心ついたころには、そうでしたよ。最近はこのへんもひとが減っているんで。対応できない家が出たら別の家が選ばれる感じです」

津々楽と天崎はそっと視線を交わす。

この調子だと、この神社から山神信仰にたどり着くのは難しそうだ。

淡い失望を感じながら、津々楽は再び口を開く。

「ちなみに、ここの神社の御祭神についてお聞きしても？」

磐司は少し眉根を寄せると、本殿のほうをちらりと見た。

「天照大神でしょ。あと、何か一緒に祀ってたはず」

（うわ……）

津々楽は声を出してうめきそうになり、ぎりぎりで押し殺す。

これまでの経験で、津々楽もそろそろ察している。大きな神の名前が出る現場の信仰は、本来の民の信仰の実態と乖離《かいり》しがちなのだ。

（このひとからはもう、これ以上聞いても何も出てこないかもな）

津々楽の心はすでに次に移りかけてしまったが、天崎はにこにこと話を続けていく。

「ちなみに、お社の中って確認しても大丈夫ですか？」

「お好きにどうぞ。専門なんですもんね？」

「そうです！　各地の鎮守のアドバイスですとか、過疎化で鎮守が難しくなった神社を移転させたりしている部署ですよ」

快活で明解な天崎の話を聞くと、それまで浮かない調子だった磐司の目が輝いた。

「移転できるの？　だったら是非お願い！　もう無理よ……この神社がっていうより、村が無理。半端な場所にあって交通の便も悪いし、最近治安も微妙だし、若い子はみんな出ていっちゃう」

「へえ！　こんなところで治安が悪いんですか？　のどかそうに見えますけどねえ」

小首をかしげた天崎の言い方は、いささか無神経に響く。

わざとだろうな、と津々楽は思った。

ひとからものを聞き出すときのテクニック。相手を喜ばせたり、いらだたせたり、諸々の感情で翻弄して喋りたい気持ちにさせる。天崎はそれが上手い。

案の定磐司はさっと顔を険しくした。

「……東京から来たのよね、ふたりとも。だからそういう発想になると思うんだけど、のどかっていうのは私たちが努力して作り出した空気なの。それをさ、わざわざ外からやってきて、ぐちゃぐちゃにしてく奴がいるんだわ」

外、と吐き捨てるように言われたのは、主に東京のことなのだろう。

東京にはありとあらゆるタイプの人間がいて、ありとあらゆるタイプの犯罪がある。東京で犯罪を起こした者は、逃げる。外へ。東京の腐りを、外へ持ち出す。

東京に生まれ育った津々楽にとっては、耳の痛い話だ。

しかし天崎は、あっけらかんと核心に踏み込んだ。

「あ、あれじゃないですか？　バラバラ死体。このへんで見つかったんでしょ？」

うわ、と驚く津々楽をよそに、天崎はぐいぐいと続ける。

「死体って、殺害現場から少し離れたところに捨てるじゃないですか。きっとどこかでバラバラにして捨てに来たんでしょうね〜。酷い話ですよ、ほんと！」

「そうなのよ！　なんでここなの？　よりによって……」

意外なことに、磐司は天崎の言葉に前のめりに乗ってきた。

「ほんっと、嫌な事件ばかり。そもそも、ここの行き止まり感がだめよ」

「行き止まり感。住んでる方の中にも、そういう感じがあるんですねぇ」

「ある。とにかく交通の便が悪いの。東京からここまではスムーズに来られてもここから先はちょっと面倒だから、死体だってこのへんで捨てちゃうんでしょ。みんなめんどくさがりなのよ。こんなとこで捨てたって、すぐ見つかるのにねえ！」

ぺらぺらと喋ったあとに磐司はちらりと視線を神社の外に向ける。

「せめて、あのトンネルが完成してればよかったけど、これだけ崖崩れが多くちゃね」

（……！　あのトンネルの話が、聞ける）

津々楽は軽く息を呑み、身を乗り出して口を開いた。

「あの。あのトンネルが開発中止になった事情、ご存じなんですか」

「住んでれば誰だって知ってますよ。この山は、崩れるんです」

磐司はため息交じりに言う。

「崩れる」

津々楽はトンネル周辺の景色を改めて思い出した。

荒れた旧道の向こうには美しい山々が広がっていたのに、天崎は旧道沿いの山肌ばかりを見ていた。つられて津々楽も観察したのを覚えている。この山は、途中までをコンクリートで補強され、さらにネットがかかっていた。

「ずいぶん、山肌は補強されてたみたいですけど」

記憶をたどりながら津々楽が言うと、磐司は険しい顔で返す。

「そうですね。そうしないと、道が埋まっちゃいますから」

「道が、埋まる?」

「ええ。がらがら落石が落ちて、埋まるの。お祖父ちゃんの代は、落石が来ないタイミングを見計らって車を走らせてたって話ですよ。それを国と自治体が補強して、補強して、どうにかこうにか、道だけは安全に通れるようになったの」

「そんなに……」

磐司の話は思った以上の内容で、津々楽は思わず目を瞠る。

彼女はそんな津々楽を眺め、さらりと続ける。

「国交省さんなのに知らないんですね。落石対策で助かってるのは確かなんですよ。でも万全じゃないし、逆に不便もあります。昔あったお社にも行けなくなりましたし」

（お社……！）

はっとして隣を見ると、天崎も静かに目を輝かせていた。

彼もきっと今の津々楽と同じことを考えている。

今のはここに昔、天照大神に漂白される前の社があったという証言だ。ひょっとしたらそれは山神を祀った社かもしれない。

今にも問いつめたくなる津々楽とは対照的に、天崎は声を落ち着かせた。

「へえ、昔は別の場所にお社があったんですね。じゃあ、ここは引っ越し後？」

「そういうことになります。昔のお社は何を祀っていたのか曖昧だったんで、近所の神社から御祭神を分霊してもらったんですよね」

「なるほど、それで天照大神」

天崎は深くうなずき、つ、と磐司に近づいた。

急な接近だったが、磐司はきょとんとしたまま受け入れてしまう。

おそらくは天崎の容貌が幼いせいだろう。天崎の『少年』といいたいような姿には圧迫感がなく、近くに寄られると子供や犬猫になつかれたような、心が甘くなる感覚があるのだ。津々楽には、身に覚えがある。

天崎は同じくらいの高さにある磐司の顔を見つめて、ふわりと笑った。

「磐司さん、俺、その、昔のお社を見てみたいです」

「え、ええ……？　でも、ここよりさらに山奥だよ？」

磐司はためらうが、口調はさっきより明らかに柔らかくなっている。なんとなくそわそわする津々楽の前で、天崎は頼りない子供の顔になって訴えた。

「地図で、どのへん、って教えてくれるだけでもいいんですけど、ダメですか？」

「うーん、お祖父ちゃんの覚え書きとかなら、あるから……駄目ではないけど」

「えっ、すごい、見せてもらえるんですね⁉　ありがとうございます、磐司さん！」

「ふふ。……そうね。こんなことで喜んでくれるなら、まあ、いいわよ」

ほんの一瞬で磐司は完落ちである。

辺りの空気まで変わった気がして、津々楽は複雑な気分になった。

「あ、そうだ。お供え持ってきたけど、見る？　ちょっとだけやり方に癖があるの」

すっかり慈愛の表情になった磐司が、ウエストポーチから何かを取り出す。差し出されたものは、ファスナー付きのビニール袋に入っていた。

天崎と津々楽はそれをのぞき込み、沈黙する。

ビニール袋の中身は、汁気があり、赤く、ぐしゃっとしていた。

一瞬生肉のようにも見えたが、違う。

「林檎《りんご》……ですか」

津々楽はつぶやいた。間違いない。袋の中身は細切れの林檎だ。そこに交じる白は、紙だろうか。磐司はビニール袋をぶら下げて、こともなげに言う。

「林檎と、半紙。まあ、果物はなんでもいいんだけど。とにかく細かく切って捧げるのが、ここの供物の決まりなんだ」

◇

「よろしくないよなあ、津々楽」

「山の中で食べる刺身が美味いってことは、まあないですよね」

「いや、そうじゃなくてだな。まあ、それもまったくそのとおりなんだが」

天崎は言い、水っぽい鮪《まぐろ》を口に放り込んだ。

白に紺で模様を染め抜いた浴衣姿で、津々楽と天崎は食卓を囲んでいる。

山神の調査は市役所からの神明神社コースとなり、夜は市役所で紹介された旅館に泊まることになった。

まだ夏休みには早いオフシーズンだ。空室は多く、料理は気合が抜けている。

季節柄まだ夕方といった趣の午後六時、津々楽と天崎は畳敷きの大広間で食卓を囲んでいた。客がまばらな食事会場をざっと眺め、近くに声が届くような相手がいないことを確認してから続けた。

「山神の件ですね」

「そうだ。神明神社の信仰はほぼ死んでたし、あそこに山神の気配はなかった。津々楽も感じなかっただろう？」

天崎は箸で割った豆腐を器用に口に運びながら言う。

ウーロン茶で微妙な刺身の味を押し流し、津々楽はつぶやく。

「ですね。霊感もさっぱり働かなかったです」

「ってことは、古い社からの引っ越しは失敗したのさ。上手く古い信仰を引き継げず、別の神を祀ってしまった。古いカミからしたら、新しい家に別人が住んでて『あなたどちらさま？』って言ってくるようなもんだ。そりゃ荒魂化もする」

「典型的な鎮守失敗事案に聞こえますね……。なるべく早く古い社を探して、山神の特徴なんかを摑めたらいいんですが」

「まあ、磐司さんが持ってきてた供物で、多少はわかった気もするけどな」

「供物……」

声に出すと、津々楽の頭の中をひとつの画像がよぎった。

赤と、白。めちゃくちゃに入り交じった、あれ。

「磐司さんが持ってた供物、確かにちょっと異様というか。なんだか、その……生肉みたいに見えませんでしたか……？」

「見えた見えた。しかもミンチ肉な。昔は実際肉を潰して供えてたのかも」

「めちゃくちゃ肉食のカミじゃないですか。そんなことあります？」

シンプルに恐怖を感じながら聞くと、天崎は小さく声を立てて笑った。

「男好きの女のカミって時点で肉欲があるんだし、肉も食べるんじゃないか？　ただ、そのあたりのくわしい事情は新しい神社に引き継がれず、生肉より扱いが楽な季節の果物と紙なんかで代用され、鎮守には役に立たない、的外れなものになっていった」

そんなことを話しながら、天崎は肉団子を口に放り込んでいる。

津々楽は少し引きつった笑みを浮かべた。

「じゃあ、ここでやけに死体が出るのは……」

「やっぱり供物なんだろうな。供物を求める荒魂の暴走だ。高田さんを殺したのもカミが直接手を下したのかもしれないし、カメラマンに乗り移ってやったのかもしれない」

「そんなことを警察は配慮しませんよね」

「そりゃそうだ。あいつらは――」

「失礼。話し中？」

不意に横手から声をかけられ、津々楽と天崎はそちらへ視線を向けた。

「っ、き、喜内さん」

「いよっ」

隣の席とこちらの席を区切るついたての向こうから、喜内が片手を上げている。

津々楽たちと同じく浴衣姿の男に、津々楽はぎょっとした。

「なんだよ、津々楽。幽霊見たみたいな顔して。安心しろ、いつもはここじゃなくて、体育館に泊まってるから」

喜内が笑い交じりに言うので、津々楽は慌てて表情を取り繕う。

「安心しろって……ただ、驚いただけです」

「津々楽は兎《うさぎ》みたいだよな、色んなことにすぐ気づくから、すぐ驚く！」

天崎は明るく言い、自分の隣の座布団を叩いた。

「立ち話もなんだ、来いよ！」

「いいんですか？　じゃあ失礼して」

喜内は遠慮なく天崎の隣に回ると、どかりと胡座《あぐら》をかいた。

改めて天崎の顔を下から眺め上げ、にこっと笑う。

「どうもこんばんは。天崎さん、でしたよね？」

「うん、俺は天崎だ、喜内。あ、呼び方、喜内でいいか？」

「構いませんよ。天崎『さん』。いや〜、うちの上層部とずいぶん仲良しなんですね。びっくりしちゃいました。なんかあるんですか？　恩を売った的なこと」

（昔のままだな、喜内さん）

津々楽はそんな喜内を複雑な思いで見つめる。

人なつこさと、暴力的なまでの鋭さ。その二面性は刑事をやるには役に立つ。ひとの懐に入り込んで情報を吐かせ、いざ舐《な》められたとなったら威嚇する。今も昔も、ひとから何かをもぎ取るには飴と鞭《むち》が必要なのだ。

喜内は昔から有能な刑事だったたし、今もそうなのだろう。

天崎はいつもどおりのおおらかさで喜内を受け入れると、少しいたずらっぽく言う。

「恩か！　そういうもんは売ったほうが忘れるもんさ。酒は？」

「ありがたいですが、飲んでる場合じゃないかなあ。とうとう死体ふたつ目だし。ここに泊まってるのも、今後も捜査が長引きそうなんで気合入れろ、ってやつですし」

（捜査は難航中か。まあ、それはそうか）

津々楽がそうっと喜内の様子をうかがっていると、ばちん、と目が合った。

喜内はそのまま目を細めて、津々楽を見つめて言う。

「津々楽、メシは食えてる？」

「……普通です」

急なプライベートへの質問に緊張しながら、津々楽はそうっと箸を置いた。

喜内はその箸を眺め、津々楽を眺める。

「食が細くなってるのかなあと思って心配してんだよ。体も薄くなっちまったし」

——大丈夫か？

毎朝来るメッセージを思い出しながら、津々楽は薄く唇を開く。

が、何か言う前に、天崎がさらっと口を挟んだ。

「津々楽は普通に食ってるぞ。ちょっと眠りが浅いときはあるけど、隈も大分薄くなったよなあ？」

「あ。言われてみれば、そうかも……」

そういえば最近化粧してないな、と津々楽が自分の目の下に触れていると、喜内は不思議そうな顔になる。

「へえ。ずいぶん詳しいんだな。国交省って、寮生活でもないんだろ？」

わざわざ聞かれてしまうと答えに困った。天崎と一緒に住んでいるのには事情があるが、その事情自体が一般人には説明しづらいからだ。

「……色々あるんです、うちも、特殊な部署だから」

結局津々楽はそんな曖昧な返事しかできず、喜内はますます妙な顔になる。

「色々ねえ」

首をひねったのち、まあいいか、と喜内は口の中でつぶやいた。

「その特殊な部署的に、何か捜査に進展はあったわけ？　よければ聞かせてよ」

「おいおい、それ、こんなとこで個人的に聞いていいのか？」

急な問いに天崎が失笑し、牽制《けんせい》めいたことを言う。

喜内は笑い返して、肩をすくめた。

「俺と津々楽が元同僚なのはみんな知ってるし、俺は情報ゆがめたりしないですから。同じところに泊まってるんだし、なんとなーく進捗《しんちょく》聞くくらいはよくないです？」

「さてなあ、津々楽はどう思う？」

天崎が気楽な調子で言い、津々楽のほうをうかがう。

津々楽はちらと周囲を見渡した。他の警察官らしいグループは、もう食事処を出ていったあとだ。とはいえ、喜内に話したことはすぐにみんなに伝わるだろう。

喜内はそういう奴だし、警察はそういう組織なのだ。とにかく、仲間意識が強い。

津々楽は視線を食卓に落とし、ゆっくりと告げた。

「調査は、進んでます。ここに死体が集まりやすい原因の見当はついたから、明日にでも正式に情報交換しましょう。込み入った話だし、酒の肴《さかな》にする話じゃない……」

（ここまで、かな。進捗は話す。具体的なことは話さない）

今の喜内の仲間は警察だし、津々楽の仲間は天崎だ。

自分たちの利になることを考えよう、と津々楽は思う。

と、津々楽は思ったのだが。

「……死体が集まりやすい理由が、わかった？　おまえたちに？」

喜内は妙に低い声を出す。

彼の不機嫌を感じ取り、津々楽ははっとして顔を上げた。

「わかったとは言ってません。見当がついただけで」

「同じようなもんだ。死体が集まる理由を決めるつもりなのか、おまえ」

「決める、っわけじゃ……もちろん、仮説ですし……」

言い訳をしてみるものの、喜内の視線はちくちくと刺さり続ける。

こくり、と津々楽は唾を飲み込む。

今、喜内が何を考えているのかがわかる。喜内は、津々楽のことがどれだけ信用できるのか、ようは、『大丈夫なのかどうか』と考えているに違いなかった。

津々楽がしどろもどろになっていると、天崎が行儀悪く食卓に肘をついた。

「なーなー、こっちは喋ったんだから、そっちも喋れよ。そっちは今日一日何やってたんだ？　バラバラ死体事件と今回の首なし死体、何か共通点でもあったのか～？」

どこか挑発するような言いようだった。

喜内はすっと天崎に視線を戻し、愛想のいい顔で返す。

「今のところ、具体的な共通点は出ないですね。強《し》いて言うなら、模倣犯かなあ」

「ふ〜ん。確かに、今回の事件の犯人に、曰《いわ》く付きの場所に来て、同じような事件を起こしたい！　みたいな欲がなかったとも言いきれないか」

「ですね。今回の事件だけに絞れば単純な話で、ガイシャを殺《や》ったのはカメラマン役の同居人の男でほぼ間違いなさそうです。都内に潜伏していたところを、今日の午後には身柄確保しました」

「早いですね……」

津々楽は思わずつぶやく。死体発見は今朝。そこから一気に被疑者確保までいっているなら、同居人にはほとんど隠れるつもりがなかったのではないだろうか。

喜内は逞《たくま》しい腕を組んでうなずく。

「同居人、渋谷《しぶや》の個人経営のカフェでぼーっとしてたらしい。逃げ隠れしない代わりにろくな証言も出てこない。茫然自失《ぼうぜんじしつ》ってやつだ。動機は後回しでもいいが、首のありかは早いとこ聞き出してもらいたいもんだな」

「高田さんの死体の首、まだ見つかってないんですか？」

おそるおそる確かめる津々楽に、喜内はうなずいた。

「ああ。まだ、東京を捜せばいいのか、こっちを捜せばいいのかもわからん。俺はもう少しこっちで前の事件をやりつつ、首捜しをすることになると思う」

「大変ですね、遺体捜索は」

津々楽のつぶやきには実感がこもっていた。

大がかりな行方不明者捜索で山に入ったとき、登山しながら皆横一列に並んで地味に草むらを突いていくという重労働が一日中続いたのを思い出したのだ。あれはどんな体力自慢でもひっくり返る。

喜内は今もよくそういう現場にいるのだろう、嫌そうに頭を掻いた。

「たまらんよ、虫の多い季節だし。凶器も捜さないとだしな。凶器さえ出れば、どう殺されたかもはっきりする。今のところちょっと不自然なとこが多いんだ」

「そりゃ不自然だろうさ。カミの力が関わってるんだ」

「っ、天崎さん！」

津々楽がぎょっとして天崎の顔を見る。

天崎は平気そうに喜内を見つめており、喜内は少し眉根を寄せていた。

「神の力って、それ、冗談じゃないですよね。本気のそれ系？」

「それ系ってなんだよ。捜査協力してやろうって言ってるのに」

くすくすと笑い、天崎は食卓に頬杖をついて喜内の顔を見上げる。

「きみらが知らなくて、俺たちは知ってる事実をひとつだけ先に教えてやるよ。今回の犯人は山神だ。その男か、もしくは他の奴が憑依《ひょうい》されたのか、エネルギーが直接放たれたのかはわからない。どれにしろ、カミのエネルギーが首を切断したんだ」

「ん～。そう言われてもなあ。それじゃ誰も納得しないんですよね」

喜内はポリポリと頭を掻き、うつむいて薄ら笑う。

嘲り、戸惑い、いらだち、そんなものを元相棒から鋭敏に感じ取ってしまい、津々楽は小さく震えた。喜内の反応は大体予測がついていた。

彼がカミなんか信じるわけがない。

警察だって同じだ。誰もカミなんか信じないし、自分たちを白い目で見る。

霊感に目覚めたという津々楽のことを異様なもののように見る。蔑《さげす》みの目で見る。

そして言う、『おまえは大丈夫じゃない』と。

じわり、脂汗が浮く。

そのとき、耳にからりとした天崎の声が飛び込んできた。

「真実にたどり着きたきゃ、納得してなくても受け入れてもらうしかないよ。津々楽ははっきり山神の姿を見たんだからな」

迷いがなく、歯切れのよい声だった。

喜内はしばらく考え込んだようだが、やがて感情のない声で独り言ちる。

「……なるほどね。本当にそういうところなんだ。鎮守指導係」

「喜内さん……」

何を言えばいいのかもわからないまま、津々楽は喜内の名を呼んだ。

が、二言目を継ぐ前に、天崎が言い切る。

「おまえたちが信じようが信じまいが、真実はひとつだ。明日、おまえたちの仲間にも報告させてもらう」

◇

「いやあ、想像どおりめちゃくちゃだったな、報告会！」

「なんでそんなに明るいんですか、もう……」

長いため息をついて、津々楽はよろよろと地元警察署の外に出た。

さっきまで感じていた圧からやっと少し解放され、ほう、と息をつく。

捜査協力の途中経過報告会は、案の定荒れ模様だった。

地元警察署の会議室にはなんとも言えない空気が漂い、天崎と津々楽の説明には何度も初歩的な質問が繰り返された。

すなわち、カミとはなんなのか。

本当に鎮守とやらでコントロールできるのか。

そもそもカミがいることはどう証明するのか。

今回の事件にそれが関係していると言い切れるのは、なぜか。

（警察官とは相性の悪そうな部署だとは思ってたけど……思った以上だな）

強い語調でガンガン責め立てられて、津々楽は思わず逃避しそうになった。

カミなんか実際にいるかどうかは自分にも確信はないですし、鎮守でコントロールが利くかどうかも信じるひと次第ですし、カミがいる証明なんてものはもちろんできませんし、僕の感覚なんか曖昧なものですし、やっぱり事件の捜査は警察に一任するのが一番です――。

そう言って笑っていれば、場は鎮まる。

でも、できない。

その理由は、津々楽の横で天崎がよく通る声で怒鳴っている。

『あるものは、ある！　その前提を間違えば、捜査の組み立てだって間違うでしょう。やはりそこは、若いもんが柔軟に対応してくれないと困る！』

会議室の卓をはたきながら言う天崎は、ずらりと並んだ強面《こわもて》相手に一歩も退かない。そんなことを叫べば、また矢継ぎ早に質問が飛び、津々楽は質問の交通整理に必死になり、一時間強が終わったときには疲労困憊である。

（で、結果、決まったことはないに等しくて、これからもお互い頑張ろうってだけ）

はあぁ、と津々楽は肩を落とすが、天崎は相変わらず元気いっぱいだ。

「面倒なことが終わったんだから、明るくなるのは当然だろう！　これからが俺たちの調査のキモだぞ、津々楽。それと、喜内！」

「うっ」

津々楽は首をすくめ、おそるおそる隣を見る。

そこには、圧倒的、かつ、見慣れたがっしりしたシルエットの男が立っていた。

「………」

明らかに不機嫌そうな顔をした喜内に、天崎はにこにこと話しかける。

「同行してくれるきみには初めて説明するが、俺たちはこれから、例のトンネルがある山を登る。舗装されたルートじゃない、落石防止工事の結果道がなくなってしまったルートを切り開き、かつての山神の社を目指すんだ。ちなみに、山装備はあるよな？」

「はい。こっちの捜査で山狩りもしてますから。鍛えてますし、安心してください」

喜内は一見従順に答えるが、どことなく目は笑っていない。

津々楽は彼の胸中を思うと、どうしてもびくびくしてしまう。

さっきの報告会の結果、自分たち鎮守指導係の意見はほとんど警察には容れられなかった。はっきり決まったことといえば、鎮守指導係の調査に一名警察官の応援をつけることだけ。その応援に立候補したのが喜内だったのだ。

（でもこれ、ほぼ監視の意味だよな）

津々楽は少し遠い目をして思う。

自分たちは警察と信頼関係を築けていない。だから警察は監視をつけてきた。鎮守指導係が暴走しないよう、警察の不利益になることをしないよう、報告をごまかさないよう。しかもそれが元相棒というのが、津々楽にはなんとも居心地が悪い。

天崎がいなかったら、一体どういう空気になっていたやら、だ。

ちらと見ると、天崎は相変わらず軽やかに喜内に話しかけている。

「地図は読めるよな。古い山神の社はおそらくこのへんで……」

「だとすると、車で行けるのはこのへんまでですか。結構歩くな」

「だな。あと、難点なのがこのへんだ」

「ニュータウン？　これってひょっとして……」

(話は進んでる。協力してくれる気は、ある)

多少ほっとして天崎と喜内の様子を見ていると、やがてふたりは解散し、天崎がまっすぐ歩いてくる。

「津々楽、休憩して、三十分後に出よう。運転を頼んでもいいか？」

「もちろんです。用意は全部できてます」

そう言って足元に置いていた小型リュックを持ち上げる。

かたり、と何かが揺れる音が響き、津々楽は中に入れた桐箱のことを思い出した。箱には謎の人形が入っており、それを縛ればカミを呪縛できる。人形に酒をかけることで人形が人間の身代わりとなり、酔っ払わずに済んだこともあった。

(今回も、これを使うことになるのかな)

津々楽が小型リュックを見ていると、天崎は珍しく静かな声を出した。

「今回それは、あんまり使わないかもな。お守りくらいの気持ちで持っていくといい」

「えっ。これを使わないってことは、他の対処をするってことですか？」

驚いて天崎に視線を移すと、彼は自然に視線を山の方角へ逸らす。

「うん。ここまでの調査で、なんとなく対処法はわかってる」

「わかってる……なら、今、教えてもらうわけにはいかないんでしょうか？」

「その場になったら教えるよ。多分、そのほうがわかりやすい」

天崎はちょっと笑って言い、自分の小型リュックを肩にかけて駐車場に向かった。

津々楽は慌てて後に続きながら、胸の中に淡いもやもやが残るのを感じる。

(何かを隠してる、わけじゃないんだろうけど。ぎりぎりに教えられるばかりじゃ、問答無用でこのひとに従うしかなくなる……)

従うのは構わない。天崎は年上で、先輩で、相棒だ。

きっと津々楽にとって悪いようにはしないひとだとも思っている。

でも、いつも一手後から追いかけるのでは、いざというときに天崎を守れないような気がするのだ。

さて、それから一時間ほどのち。

三人は、荒れ果てた山中にいた。

「案の定、すっごい藪《やぶ》だな」

喜内が諦め気味のため息をつき、津々楽も疲れた顔で辺りを見渡す。

「やっぱり季節が悪いですよ。草木が伸び盛り。ある程度、枝打ちしながら進むしかないかもです。喜内さん、枝打ちできる装備ありますか？　僕はありますけど」

「こっちもあるけど、おまえ、体力はほんとに大丈夫なのか？」

「大丈夫、です。前職のときよりは、大分薄くなったかもですが……」

大丈夫か、の一言で、津々楽の視線はさまよい、頭の中は少々ぐちゃっとする。自分は大丈夫だと思っているけれど、どうしても心は不安定になってしまう。

そんな肩に、とん、と喜内の大きな手が乗った。

「――まだ若いんだ、いくらでも鍛え直せるさ」

「です、ね。はい。頑張ります」

曖昧に笑い、津々楽は必死に意識を目の前に引きずり戻した。

見渡すかぎり、低木と伸び放題の草が絡まりあう、深い藪である。ここが、山神を祀っていたであろう社の古い参道へ行き着く唯一のルートだ。

喜内は荷物から枝打ち用の山用ナイフを取り出しつつ、目の前の虫を振り払う。

「にしても、酷いなこりゃ。ニュータウンがあったときの道らしいが、跡形もないな。道ってのは、手入れしないとこんなにすぐに駄目になっちまうんだなあ」

「自然環境が厳しいところは、特にそうです。僕もまだ勉強中ですけど……」

津々楽がグローブをした手でためしに目の前の枝を押しのけてみると、藪の中から元気すぎる声がした。

「おーい、ふたりとも！　まだお喋りしてるのか？　気合を入れてしっかりついて来ないと迷子になるぞ！」

（天崎さん……ほんとに元気だな……）

津々楽は一瞬遠い目になったのち、覚悟を決めて藪の中に足を踏み入れる。

ここは神明神社の裏から、消えかけた道を少々登ったところだ。車で来られたのは磐司たちの集落まで。車は神社の駐車場に駐め、天崎を先頭にしばらく登ってきた。

「天崎さんこそ、あんまりひとりで先に行かないでくださいね！　ちゃんと登山アプリ見てます？」

藪をかき分けながら津々楽が叫ぶと、楽しそうな天崎の笑い声が響く。

「地図と方位磁石なら見てるさ！　アプリもちゃんと起動はしてる！」

（その装備で、よくもまあずんずん行くもんだ）

大勢での山狩りだって道迷いや滑落が不安だったのに、今日は三人。

いつ迷ってもおかしくない状況下、天崎の足は速く、あまりにも迷いがなかった。

津々楽は小枝を折り、背の高い草を押しのけ、虫を手で払いながら、必死に天崎の声を追いかける。足下にはたまにアスファルトを感じるが、大体は植物に浸食されてバラバラに砕けていた。

（暑い）

ふう、と息をついて見上げた空は、もう夏のものだ。

カン、と明るい青空から、強い光が落ちている。

山の中なせいで、気温はけして高くない。それでも激しい運動をしていれば汗がにじんだし、じわじわと疲労も溜まってくる。

この一年で弱くなった。

下生えを踏みしめながら痛感していると、背後から喜内の声がする。

「なあ、津々楽。この先の、山神の社ってとこに着いたあとの段取りなんだが」

「はい？」

（こいつ、全然息切れしてないな）

ついついうらやましくなりつつ、聞き返した。

喜内は着実に歩を進めながら、思案げな様子で聞いてくる。

「調査だけで終わるのか？　それとも何か、儀式的なことをするのか？　えーと……鎮守指導係は、荒魂？　を、和魂化するとか言ってたけどさ。今回も、おまえが実際あれをやるのか？」

「……すごいな。ちゃんと説明聞いてたんですね、喜内さん」

「当たり前だろ。俺だけじゃない、みんな聞いてたって」

喜内は呆れたような声を出すが、津々楽だって鎮守指導係の特殊な仕事に慣れるのには時間がかかった。ましてや警察相手では、と諦めていたところもあったから、喜内が専門用語を覚えて理解してくれているのは予想外だ。

津々楽はこわばっていた顔を緩めて、背後の喜内に話しかける。

「基本的には、荒魂が姿を現したら僕が動きを止めて、天崎さんが和魂化する流れです。そのあと鎮守の方法をまとめて、必要なら新たな社を造ったり……鎮守のし直しをするんですよ。それで地域住人の方に今後の鎮守の指導をして、おしまいです」

「なるほど。で、荒魂の動きを止めるのと、和魂化ってのはどうやるんだ？」

それは、と口を開きかけたとき、ひとつの記憶が脳裏をよぎった。

天崎の、白い耳。

カミがくちゃくちゃと噛んでいた、耳。

荒魂は、天崎の体の一部を『食って』和魂となる。

——そんなことを、今、こいつに、言えるか？

「……実際見てもらったほうが、わかりやすいと思います」

とてもではないが説明できる気がしなくて、津々楽は言葉を濁してしまう。

これでは、自分がもやもやした天崎の説明と同じだ。

思ったとおり、喜内は納得していない様子で言い返してくる。

「なんだ、それ。せっかく応援に来ても、情報共有してもらわないと意味ないぞ？」

「うーん、そうですよね……。僕もできるかぎりは共有したいんですが……まず、カミの動きを止めるのには呪縛用の道具を使います。そのあとの和魂化に関しては天崎さんの特別な能力に関わることなので、僕にはなかなか説明がつかないというか」

言えるギリギリのところまで口にしてみたが、どうしたって情報量は少ないままだ。どうしてもうさんくさいな、と思っていると、やはりそこを突っ込まれた。

「いや、それだけか？ ひょっとしておまえ自身、天崎さんに仕事のこと、あんまり説明してもらえてないんじゃないのか？ 何せ一年目だろ？」

「それはないです、天崎さんは僕が聞きたいこと、全部話してくれます！」

いささかムキになって振り返ると、喜内が器用に片眉を上げてこちらを見ている。

「おまえは、そう思ってるわけだ」

「なんですか、その言い方」

津々楽はぐっと瞳に力をこめて見つめ返した。

自分のことならともかく、天崎についてどうこう言われたくなかった。確かに怪しげな見た目だし、奔放な態度だし、疑われて当然の言動ではある。だからこそ、自分は天崎の味方という立場を崩してはならない、と思う。

喜内は難しい顔になり、何か言おうと口を開きかけた。

そこへ、噂の天崎の声がかかる。

「おーい、津々楽、喜内！　この先、気をつけろ！」

声は、思ったよりも離れたところから響いてくる。

津々楽は慌てて前へ向き直った。

「っ、今どこですか⁉　ちょっと待っててください！」

しばらく藪を漕ぐことだけに集中していると、あるところで急に視界が開けた。

限界まで生い茂った草の間に天崎の後ろ姿がはっきりと見え、津々楽はできるかぎり急いで歩み寄る。

「天崎さん、単独行動危ないですって」

「よお。見ろよ、これ」

津々楽の言葉を遮るようにして、天崎は振り返った。

どこかわくわくした子供のような顔。その向こうには今までとは打って変わった、灰色の世界が広がっている。

緑が、ない。ごっそりと山肌が削げているのだ。

おそらくは草木ごと山が削げたのだろう。鋭角の斜面にはコンクリートが流され、さらに杭が打たれて、ネットが張られている。

（っ……痛い……）

不意にそんなことを思い、津々楽は顔をしかめた。

なんだろう、自分の肌にナイフを入れられて、皮と肉を削がれてしまったような感覚。しかもそこを治療するわけでもなく、接着剤で蓋をされてしまったような、痛くて、息苦しくて、我が身を引きむしってもだえたくなるような感覚があった。

「は～……こりゃまた、派手に崩れたんだな、このへん」

すぐに追いついてきた喜内も、山肌の様子を見て声を上げる。

津々楽はこっそりと服の上から自分の肌を撫で、付け足した。

「おそらく、地滑りを起こしたニュータウン跡ですね。市役所で見せてもらった資料にありました。この辺りは都心からほどよく遠い。土地バブルのころには、ここから都心まで通える、なんて言って売り出したみたいです。それで安普請《やすぶしん》の家がたくさん建って……まるごと滑った」

「人生が変わっちまう大災害だな……。周辺住人からの突き上げもキツかっただろうし、これだけガチガチに固めるのもわかる」

喜内は言い、コンクリートで覆われた斜面の下をのぞき込む。

「ですね。地滑りだけじゃなく、ネットや柵なんかで落石対策もしてる……」

津々楽も喜内につられて辺りを見渡し、落石受けらしき装置を確認する。これだけコンクリートを打ってなお、落石対策が要るような山なのだ、ここは。

(あのトンネルが工事途中で放棄されたのも、おそらくは落石のせい。半分土砂で埋もれてたもんな、トンネル)

津々楽が腕をさすりながら考えていると、天崎が急に動きだす。

「よし、間違いない。社はこの先だ。俺が先に行くから、気をつけてついて来いよ」

そう言って地図と方位磁石をしまうと、ひょいと山肌に手をかける。

(え……)

まさか、と目を瞠る津々楽の前で、斜面を固めたコンクリートの出っ張りを掴み、ぶらんと足を振り出してコンクリートのへこみに足をかけた。まるでロッククライミングか何かのように、山肌に張り付いて移動を始めたのだ。

「ま、待ってください、さすがに危険すぎます!」

思わず津々楽が悲鳴めいた声を出し、喜内も焦って身を乗り出す。

「ちょっとちょっとちょっと、せめて俺が先に行きますよ！」

「津々楽が俺の次、喜内は最後に来たらいいよ。ほい、っと。ほら、案外行けるって」

答える天崎は、ひとりでいつもの調子だ。

山肌を横這いで進む様子は体重がないかのような軽やかさだが、手がかり、足がかりを探し、がしっと摑んでいく様子は堂に入ったものだった。

喜内はしばらく天崎の様子を観察したのち、小さく息をつく。

「すごいな。あのひと、登山の趣味でもあるのか？」

「知らないです。度胸とセンスがすごいってことしか……」

「そうか。だけどまあ、津々楽、おまえはやめとけよ。あれは無理だよ、おまえには」

心配そうな声を出され、津々楽の胸の奥が、しくり、と痛んだ。

(昔から、こうだった)

喜内の声が、津々楽の頭の隅っこから警察時代の記憶をつつき出す。

年下で階級も下の津々楽を、喜内はいつでも気遣ってくれた。

赴任直後、凄惨《せいさん》な現場で嘔吐《おうと》した津々楽の背をさすってくれたのも喜内だ。

包丁片手にわめく犯人に出くわしたときも、むちゃくちゃな暴れ方をする薬物中毒者を取り押さえなくてはならなくなったときも、喜内は当然のように津々楽の一歩前に立った。

そして、確実に相手を制圧してきた。

元から体格がいいのもある。

だが、それ以上に彼の体は訓練が行き届いており、そんな己に自信もあり、自信の上にしか成立しない庇護欲もある。

(喜内さんは、強い。あらゆる意味で)

何度も、何度も、思い知らされたことだった。

喜内は強い。自分は、かなわない。体もそうだ。心もそう。

それでも、警察時代ならば津々楽が喜内を助けられる場面もあった。

強面の喜内におびえる人々から情報を聞き出すこと。細やかな状況判断や、記憶を補いあうこと。とにかく粘り強く隣に張り付いて、サポートすること。一年前に自分がダメになるまでは、相棒として上手くやれていた。

今の自分は、当時のようなことすらできない。

自分たちは相棒でもなければ、同じ警察官でもない。

喜内に認めてもらえるような能力は、少しもない……。

「津々楽。ここで待っててくれ。いいな?」

喜内の言葉が脳髄に響き、津々楽は静かに震えた。

甘やかすような声だった。子供にかけるような声だった。弱い者を安全圏に囲っておこうとする声だった。津々楽を相棒だとは、けして認めていない声だった。

背負った小型リュックがずしりと重くなる。

喜内さん、と言おうとしたが、声が出ない。

そこへ、天崎の間延びした声がかかった。

「お〜い、津々楽〜。どうした〜？」

「天崎、さん」

のろり、視線を上げると、天崎はコンクリート岸壁の真ん中辺りで歩みを止めてこちらを見ている。今、風でも吹いたら——とぞっとするが、天崎はそんなことなど考えてもいないようだ。おはようの挨拶くらいの調子で話しかけてくる。

「ここから手がかり足がかりが難しくなる。教えてやるから、こっち来いよ！」

(疑っていない、声だ)

津々楽がついて来ることを、ひとつも疑っていない声だ、と思った。

「……はい」

自然と返事が口から零れたかと思うと、津々楽の体は前に出ていた。

喜内を置いて、コンクリートの岸壁に手を伸ばす。

「おい、津々楽！　危ないって！」

背後で喜内が叫んでいる。が、もう出っ張りを摑んでしまった。

こうなったら、迷わないほうが安全だ。重い登山靴を履いた足を振り出し、コンクリートのくぼみへ押し込む。

（……普通の岩肌より、滑るかも）

津々楽が最後に山登りをしたのは、これも警察官時代だ。休みに先輩に引っ張り出されて、それなりの難所を連れ回された。

あのときの、うなじがひりつくような感覚が蘇ってくる。

斜面で滑落しないためには、どこで体重を支えているかを意識しなくてはいけない。四肢のうち、宙に浮かしていいのはひとつだけだ。あとの三つは必ず凹凸を摑んでおく。そうでなければ、落ちる。

「いいぞ、津々楽。次、上だ。そう、右上。手はもう少し上――そう、届くぞ。今だ、そこ、はい、摑んで」

ひとつひとつ、天崎の言うとおりにたどっていけば、のろのろとだが確実に距離を稼ぐことができた。

足下を見ると、ついでにはるか下までが見えてしまい、ひやりとする。

途中に落石ネットがあるとはいえ、人間はネットに引っかかる前に岩肌ですりおろされる。馬鹿だ、と思う。こんなところを命綱もなしに渡るのは馬鹿のすることだ。他にもっとまともな手段だってあったはずだ。おかしなことをしている。

けれど、ここで立ち止まったら天崎はひとりで山神の社に行く。

そう思うと、すっと次の手が出た。

（おかしいな、僕。やっぱり、なんだか、大丈夫じゃない気がする）

今の自分はどこかおかしい。偏っている。天崎のためにこんなことができるなんて、完全におかしい。でも、止まらない。手も。足も。

止まらずに、進む。先へ。

「上手いなあ、運動神経いいんだな、津々楽は。よし、次。あと少しだ、真横……」

あと少し、という言葉が嬉しくて、手足に溜まりつつある疲れが軽くなる。

津々楽は言われたとおりに手を伸ばし、ふと目を瞠った。

（え……？）

指をかけようとした場所を見ていると、ぞわり、と全身が寒くなる。

目を瞠って、もう一度見た。

さっきと同じものが見える。

ヒビだ。摑もうとした岩肌にヒビが入っている。

そのヒビは、津々楽の目の前でぶわっと広がっていく。

あっという間に岩肌はヒビだらけ、テーブルに打ち付けたゆで卵の殻のようにぼろぼろ、ばらばらになっていく。がっしりした岩肌が、無数の小石の集合体になっていく。

石たちがぎりぎり元の岩肌の形を保っていたのは一瞬のこと。

やがて、不思議な光を発して、もろもろもろっ、と、崩れる。

山肌が、落ちる。

いや、山全体が——。

(ちがう……この感じ。これは、現実じゃない！　霊感だ！)

無音の世界、温度のない光、そして突飛すぎる景色。

それらはすべて、今までカミの出現のときに感じたものだった。

こんなとき、どうしたらいい。

隣に天崎がいればどうにかしてくれたはずだが、今、自分は山肌にくっついてひとりきりだ。ひとりで、どうにかするしかない。

「っ……！」

津々楽はとっさにぎゅっと目を閉じた。

頭の中で天崎の柏手を思い出す。

ぱぁん、という、大気を裂く清浄な音。

あの音がカミの立てるあらゆる音を打ち消していく瞬間を。

記憶の中のそれをなぞるだけでも、すうっと呼吸が通った。体中に入った不自然な力が抜け、四肢が感覚を取り戻す。大丈夫、まだ自分はコンクリートの岸壁に張り付くことができている。

うっすら目を開けて見ると――静かに沈黙したコンクリートの岩壁があった。

バラバラになんか、なっていない。

ふう、と息をついて、津々楽はどうにか横ばいで岩壁を渡りきった。

「津々楽、よくやった！」

向こう岸の茂みには天崎がいて、誇らしげに津々楽の腕を叩いてくれる。

津々楽も思わず笑みを零し、天崎の腕を軽く叩き返す。

「天崎さんのおかげです！　リードしてくれて、ありがとうございます」

「さっき一瞬危なそうだったな。肝が冷えたぞ」

「ちょっと、霊感に呑まれて……。社に近づいたからですかね。カミの気配が強くなってきてるのかも。でも、あそこでも天崎さんがリードしてくれましたよ」

「俺が？」

天崎は少し不思議そうに首をひねったが、追及しようとはしなかった。

それよりも、と、津々楽の横から岩肌のほうをのぞき見る。

「見えたものの話は聞きたいが、喜内も心配だな。大丈夫そうか？」

「そうだ、喜内さん！　なんなら喜内さんには向こうで待っててもらったら……」

津々楽も振り返って見れば、すでに喜内の姿はコンクリート岸壁の上にあった。ちょうど壁の真ん中くらいに張り付いて、じわじわとこちらを目指している。

（もうあんなところか。さすがに早いな。これならこのまま渡って……ん？）

ほっとしたのもつかの間、ふと耳の中に違和感を覚える。

きーん……と耳鳴りのようなものがした気がして、耳を塞いだ。強く耳朶《じだ》を押さえつけた手を、今度は少し離してみる。押さえて、離して。

どちらにせよ、音が、聞こえない。

人の声どころか、雑音までが、ない。葉ずれの音も、小鳥の声も、遠いエンジン音も、何ひとつ――異様な静寂。

（来る）

とっさに思った、直後。

喜内が取りついているコンクリート岸壁全体に、さあっととヒビが入った。

さっきと同じ幻だ。まったくの無音の中、コンクリート岸壁がばらばらになる。

無数の小石の集合体になって、それぞれがふるふると震える。震える石の間から、ぱあっと真っ白な光が漏れだす。エネルギーを帯びた小石たちは、今にも定位置から飛び出しそうに見える。

そして、音が生まれた。

ががががら。

がらがらがらがら。

小石たちは音を立てる。まるで、笑い声のような音。

がらがらがらがらがらがら。

これは幻。津々楽の霊感。幻を見せているのは、カミだ。

カミがいる。荒魂化したカミが、すぐそばにいる。

「天崎さん、あの、見えます……！」

震える唇で、必死に訴える。

すぐ隣から、天崎の声がする。

「どこに、何が見える。ここのカミはどんな形だ？」

「コンクリートの岸壁が、粉々に、バラバラになってます。いや、違うな、山が、山全体が小石を積んだ砂利の山みたいに見える。それで──喜内さん、が」

喜内は、そのままだ。喜内のまま、近づいてくる。

まさか、あの、喜内に見えるものが、カミ？

（でも、山神は女だという）

津々楽は、何かの予感に背を押されて振り向いた。

背後、社があるであろう方角。

下生えの向こうに、ちらりと誰かの姿が見えた。

女、だ。快活そうなボブカットの髪。緑色のロングワンピースに白いキャップという出で立ちの女が、こちらを見て立っている。

(首は……ある。ふつうの女性、だ)

「津々楽ァ！　そいつ、確保してくれ‼」

「えっ……」

まだ崖の途中にいるであろう喜内の叫ぶ声。津々楽は目を瞠る。

「そいつ！　その女！　高田の友人で、行方不明の重要参考人のひとり、飯岡《いいおか》だ！」

「っ……！」

高田。トンネルで死んだ配信者の友人の女。

(そんなのがいたなんて、聞いてない……！)

「天崎さん、ここにいてください！」

津々楽は叫び、とっさに前に出た。

「飯岡さんですか？　すみません、ちょっとお話を！」

「おい、待て、津々楽！」

数歩行ったところで、天崎が津々楽の腕を摑む。

邪険に振り払うことはできなくて、津々楽は飯岡を見つめたまま叫ぶ。

「すみません天崎さん、ちょっと彼女に話を聞かないと！」

「馬鹿野郎！　ここへのルートは俺たちが通ったルートか、ヘリコプターか、ロープ使って上から降りてくるしかない！　あんなワンピースで来られるもんか！」

「え」

津々楽は息を呑んで動きを止める。

言われてみれば、飯岡の格好は完全な町歩きの格好だった。比較的体力と心得のある自分たちですら、本格的な山装備でやってきたのに。

そう思った次の瞬間、飯岡の口が、がぱりと開いた。

そこには、ずらりと歯が並んでいる。それぞれがめちゃくちゃな方向に。

一回全部の歯を引っこ抜いてバラバラにしたあと、無理矢理押し込め直したみたいに。

飯岡の顔は口から派手にゆがみ、見るに堪えない醜さになる。

そして、奇妙な音が湧く。

がらがらがらがらがらがらがら。

笑いのような、岩の転げるような、音。カミの、音。

「逃げます！」

津々楽は叫び、天崎の腕を引っ張って走りだした。

がさがさと草が鳴る。藪の木々が膝を引っかく。

どっちに行けばいい？　知るか！

草いきれ。でこぼこの地面。あんまりにも走りにくい。

息が切れる。それでも、逃げないと。とにかく、あれから、逃げないと。

「津々楽っ！　喜内は……」

津々楽に引っ張られて走る天崎が、荒い息の間で叫ぶ。

そんな彼の腕を離さないように、必死になって津々楽が叫び返す。

「わかりません、でも、あいつは強い。どうにかします。それにあいつは、男だ！」

「男？　男だろうが女だろうが、カミの前では……いや、違うな……そういうことか！

ここの山神は男に憑いたりしない……醜女のカミは、山に入った女に憑依して、大嫌いな女を殺す！　高田を殺したのも、カメラマンの男じゃない。おそらくもうひとり一緒に来ていた女がいたんだ！　はは、なるほど！」

こんなときですら笑う天崎に、悲しい怒りが湧き上がった。

（あんた、カミの好物なんだろ⁉　今は、自分の命を惜しんでくれよ！）

「舌を噛みますよ！　走って！」

津々楽は叫び、とにかく足を動かす。

山を走るのは難しい。競技場とはまったく違う。ありとあらゆるものがランダムに現れ、足を取り、視界を遮る。必死に障害物を押しのけていると、まるで水の中で走ろうとしているようなもどかしさを感じる。

（飯岡は、カミは、どこだ）

どれくらい近づかれたのだろうか。少しは巻けたのだろうか。

気にはなるが、後ろを向けばますます速度が落ちる。

せめて、もう少し開けたところへ出たい。

どうか、せめて——と祈ったとき、津々楽の足が、硬く平板なものを踏んだ。

（敷石……！）

感触から確信した。

下生えに覆われてちらりとしか見えないが、敷石を踏んだ。

この辺りには人造物がある。かつてひとが使っていた跡だ。

はあはあと息を吐きながら、周囲に目を配る。

緑。緑。緑。木々にぐるりと囲まれた小広場だ。人間が造ったようにも、自然とできたようにも見える。足下の敷石は、隙間から生えた雑草ですっかりと埋もれている。

ここは、なんだ。かつて何があった場所なんだ。

語ってくれるものを探し、せわしなく視線を動かすと——あった。

広場の隅に転がっている、朽《く》ちた丸太。

何本かの丸太を縛り付けて造られたそれは、確かに鳥居の残骸だった。

間違いない。まだ、朽ちた注連縄《しめなわ》の残骸すらも引っかかっている。

「天崎さんっ！　ここ、多分、社ッ！」

「おお！　奥へ行こう！」

津々楽が怒鳴れば、天崎も叫び返す。

おそらくここは、社の前庭のような場所だろう。

目指すは、何かの手がかりがありそうな社本体である。

ふたりはぽつりぽつりと設置された敷石を踏み、朽ちた丸太の鳥居を飛び越した。

「いっ……！」

不意に、ぐん、と天崎を掴んでいた手に力がかかる。

はっとして足を止めると、天崎が鳥居に足を引っかけて派手に転んだところだった。

「大丈夫ですか、天崎さん！」

津々楽は倒れかけた天崎の体を、力をこめて自分のほうへ引き寄せる。

半ば抱きかかえるようにして様子を見ると、天崎はへらりと笑った。

「大丈夫、大丈夫！　大丈夫だけど……ちょいと足に、何か刺さったな」

「うっわ、大丈夫って感じじゃないですよ、これ……！　すみません、ちょっと我慢してくださいね」

津々楽は顔をしかめて言い、天崎のすねと向きあう。そこには鳥居の残骸であろう、割れた木片が刺さっていた。津々楽は木片を掴み、ひと思いに引き抜く。

「っく……！」

天崎の顔がゆがみ、津々楽ははっとして彼の顔を見上げた。

「っあ……、すみま、せん……」

抜いてみると、木片は思ったよりも大きさがあった。ざっと十五センチはあったし、ずいぶんと尖《とが》っていたし、すねに刺さっていた長さは二センチほどもあっただろうか。朽ち木にとろりと絡む赤い血が、妙にめまいを誘う。

青い顔で唇を嚙んでいる天崎に、津々楽はおろおろと声をかけた。

「大丈夫ですか、足が痺れたりは？」

「しない……それより、飯岡は」

天崎の言葉から、いつもの軽口が吹っ飛んでしまっているのが痛々しい。

津々楽は血の絡んだ木片を見て、天崎のすねを見る。

出血は微々たるものだ。とはいえ、応急処置は必要だろう。

「……すみませんでした。すぐに応急処置をして、あとは俺、ここで様子を見ます。天崎さん、動けるようなら社本体を探して、何か鎮守の手がかりを手に入れてください」

津々楽は言いながら小型リュックを探った。

とにかく天崎と飯岡を引き離して、封じてしまいたい。

この間みたいに、カミ主導で天崎をむさぼられるのはどうしても避けたかった。

リュックから取り出した救急用品の真空パックを開こうとしながら、津々楽は違和感に気づいた。走っていたときとは打って変わって、周囲がひどく静かに感じる。

チーーニーー……ニィニィニィ……

チーーニーー……

木々の間から響いているのは、初夏に鳴く蟬だろうか。

風が吹いて、ざわりと木々を揺らす。

穏やかな初夏の午前。

けれど、少しも心が穏やかにならない。

(どこだ、飯岡。……山神)

足音も何もしないということは、どういうことだ？

血の匂いの交じる不穏な空気の中で、ふと、天崎が口を開く。

「……津々楽。やっぱりここは、おまえのほうが社を探してくれないか？」

思わぬセリフに、津々楽はぎょっとして傍らを見た。

「でも、応急処置……」

「……わかれよ！　俺じゃ遅いんだ、何か見つけても、足を引きずって行ったり来たりしてたら遅すぎる！　おまえが走れ！　奥の社まで走って、見てきたものを俺に教えろ、判断は俺がする、いいな！」

不意に怒鳴りつけられ、津々楽は息を呑んだ。

真っ黒な目が熾火《おきび》のように燃え、津々楽を睨んで叫ぶ。

「行け‼」

「っ、はい……！」

天崎の声は、津々楽の重い心を蹴り飛ばす力があった。

反射的に立ち上がり、ざっと辺りの地形を確認する。

ここはほぼ円形の広場のようだ。周囲はびっしりと木々が覆っているが、一ヶ所だけわずかに隙間がある。

（多分、あそこが、元々参道だったところ！）

行くなら、できるかぎり急ぐしかない。天崎が言うように、大急ぎでピストンするのだ。心残りを断ち切るように、津々楽は道だと思った草むらに駆け込む。

元参道は細かった。左右の木々に触れそうになり、枝をかき分けながら進む。どこまでだ。どこまで行けばいい？　早く天崎のもとへ戻りたい。

走る、走る、走る。小型リュックの中で箱が鳴っている。

カタカタ、カタカタと音を立てる。

それにおびえている余裕もない。

（社は、どこだ！）

イライラと脳内で叫んだ瞬間、道らしきものは不意に途絶えた。

目の前がまた開ける。今度はさっきとは違い、四角い敷地だった。四角の一片には木々がなく、山から裾野の集落を見下ろす景色が鮮やかに広がっている。

そして、敷地の真ん中にあったのは、社――ではない。

ただの、廃材の山だった。

ぼろぼろになった木材、柱だったらしきもの、鳥居だったらしき丸太、階段の破片、格子戸の欠片。それらが崩れ、あちこちに散っている。

見るも無惨。粉々。まさに、バラバラだ。

「社が、バラバラ……こんなんじゃ、手がかりも何も……」

津々楽は口の中で呆然とつぶやく。

目の前にあるのは、もはやあらゆる力を失って破壊し尽くされた社だ。

一体何者によってだろう？

経年劣化だけを理由にするには、社がバラバラすぎる。吹きっさらしの山頂にあるのならともかく、ここには風よけになりそうな木々もある。かといって、人間が解体したにしては地理が悪すぎる。重機も入れない山奥なのだ。

――そりゃ不自然だろうさ。カミの力が関わってるんだ。

不意に、脳裏に天崎のセリフがよぎった。

（――不自然なところには、カミの力が関わっている。ということは……）

がらがらがらがらがらがらがらがらがら。

耳の奥であの音が蘇った気がした。笑い声のような。落石のような音。

続いて見えた幻は、山肌をびっしりと覆ったヒビだった。

小石の集合体になっていく山。

バラバラになる、山。

(この山のエネルギーは『バラバラ』)

思いきり目を瞠る。

そうだ。そういうことだったのだ。

カミとは自然エネルギーそのもの。どれだけ工事しても落石し続け、トンネルすらも塞いでしまうこの山のエネルギーは、バラバラになるエネルギーだった。となればこのカミはあらゆるものをバラバラにする。自らがバラバラになるカミは、鎮守の失敗を受けて、自分の社すらもバラバラにしてしまったのではないか。

そしてあの供物。

――みじん切りにした果物なら、なんでもよくて。

あれは肉の模倣なんかじゃない。バラバラの供物だったのだ。

凶暴な山神のバラバラのエネルギーを少しでも抑えようと、災害を先取りするかのようなバラバラの供物を供えていたのが、真意だったのではないか。

こんな危険なエネルギーを持つカミと天崎を一対一で対峙させるなんて、とんでもないことだった。

「……戻らないと」

(俺、なんで天崎さんを置いてきたんだ⁉)

津々楽はきびすを返し、元来た道を、一直線に駆けだす。

興奮で頭の芯がきーん、とする。走る。走る。走る。

心臓が爆発しそうにうるさく鳴る。汗が舞う。

草が濃く香る。緑がうるさい。嫌いだ。

こんなにも生気に満ちて、その生気がこちらを睨みつけてくるような山。

(大嫌いだ……！)

——やっと、緑が途切れる。

戻ってきた、倒れた鳥居のある広場。敷石と、その隙間から生える草。天崎が倒れている。薄いまぶたを閉じ、細く頼りない手足を投げ出している。

彼から少し離れたところに、喜内が尻餅をついて呆然としていた。

無事に崖を渡りきったのか、と安心する暇もない。

喜内の視線の先、天崎の上には、カミがいた。

カミは、手足が異様に長い、三メートルほどもある人間のような姿をしている。

体毛はない。爪もない。妙に長細い顔には、目鼻口もない。

白玉粉で作った、白玉人間、とでもいえばいいのだろうか。ありとあらゆる場所が白く、ぐにぐにとした質感で、ぬめった、巨大な人間。

かろうじて胸が膨らんで見えるから、人間の女を模しているのかもしれない。

そんな人間が、バラバラで宙に浮いている。

手首。肘から下。肩から肘。胴体は、首から胸まで。腹。腰。足も、三分割。

ばらばらになった体が、パーツごとに見えない糸で繋がってでもいるかのように、ぎりぎり人間らしい形を保って宙に浮いている。

そしてその手は、ぐったりした天崎の首を掴んでいた。

「やめろ!!」

恐怖を感じる前に、津々楽は怒鳴っていた。

小型リュックを下ろし、木箱を取り出す。いささか乱暴に掴み出された人形に気づいたのか、つるりとしたカミの顔がこちらを向く。のっぺらぼうの異様な顔。

だからなんだ。そんなものでおびえられるほど、今の津々楽に余裕はない。

津々楽は箱を縛っていた紐をほどき、人形に絡みつけた。

一息に縛り、力を込める。

(止まれ!)

祈りと共に息を詰めた。
ぴん、と空気が張り詰める。
カミは、びくりとして動きを止めたかと思うと、ぴくぴくと痙攣《けいれん》を始める。
なのに、天崎の喉を捕らえた手はまだ、ぎりぎり離れていない。
その瞬間、津々楽の頭の中が、ぱっと赤くなった。
「そのひとを、放せ‼」
怒鳴ると同時に、人形を放り出した。
自分の唯一の強みだったはずのそれを捨てるのに、なんのためらいも感じなかった。
地面を蹴って走る。頭を低くし、カミの腰辺りをめがけてタックルを仕掛ける。
どむ、とはっきりした手応え。カミは大きく後ろへよろけた。
視界の端で、カミの手が天崎から外れたのを見る。
ざまあみろ、という気持ちが湧く。
ざまあみろ。身の程を知れ。
だが、足りない。
このひとをこんな目に遭わせたおまえは、もっと酷い目に遭うべきだ。
よろけたカミを、天崎から遠ざけるように地面に投げ出す。
ばらばらになった体が、どす、どす、どどん、と転がる。

転がったカミはしゅるしゅると小さくなり、女の姿を取った。見覚えのある女だった。汚れた衣服をまとい、地面の上でもがく女には、首がない。

(あのときの、配信の、首なし女……!)

津々楽は確信する。

自分はあの配信でカミを見た。そしてこのカミは、人間に憑依する。

なぜなら、さっき投げ飛ばしたときの感触が、完全に人間の女だったからだ。

ぶよぶよもしていなければ、バラバラでもなかった。肉を持った、ただの人間。

(相手が人間なら、僕でも倒せるのかもしれない)

あまりに物騒な発想だった。倒していいわけがない。相手は人間で、女で。

――でも、天崎を殺そうとした。おそらくは、食おうとした。

その一点で、ちりり、津々楽の脳は灼ける。

転がった首なし女が震え、その像が、ぶわり、とブレる。

目がおかしくなったのかと思い、津々楽は目を細める。

視界はすぐにクリアになり、さっきまでカミがいたところに、緑のワンピースの女性が出現した。

「憑依……解けた……?」

津々楽はつぶやき、素早く周囲に視線を配る。

と、ほんの十歩ほど離れたところでカミが立ち上がった。首なし女ではなく、ぬるぬるとしたバラバラの体だ。さっきより少々大きく見える。

ひょっとして、と辺りを確かめれば、今度は喜内の姿が見えない。

(こいつ、喜内さんに憑き直したのか?)

女の山神が、わざわざ喜内に憑いた。

なぜ、と思った。

バラバラのカミはのっぺらぼうの顔で津々楽を見つめ、バラバラの両手を広げる。

威嚇の所作。

戦おうというのか。

(そうか、こいつ、俺と戦うために、より強い奴に憑いたのか)

そう思うと、津々楽の目の前はうっすらと赤くなる。

怒りの色、だった。怒りで全身が満たされ、心が満たされ、他の感情が消え、思考は灼きつく。感覚までもが制限され、息をするのも忘れそうになる。

こんなの、初めてだ。こんなにも激しい怒り。

迷いのない怒り。

なんだかとっても、気持ちがいい。

口元を手で拭うと血の匂いがした。唇を舐めた。血の味だった。

怪我でもしたのか。それともこれは木片を抜いたときについた、天崎の血だろうか。

わからない。それにしても赤い。頭が気持ちよくぐらつく。

とにかく、殺す。

「――ら!」

誰かが、叫んでいる。聞こえてはいるがどうでもよかった。

津々楽は忙しい。目の前のカミを殺さなければ。

いつの間にか津々楽は、旧知の人間が見ても本人だとはわからないような、壮絶な表情を浮かべている。戦う意思の凝固したような燃える瞳で、カミを見つめる。

カミは、それにわずか、おびえたようですらあった。

そのとき。

急に、横っ面を張られたような衝撃。

なんだ。一瞬遅れて、情報が入ってくる。パァン、と、清浄な音がした。

(天崎さんの、柏手)

ぐらん、と頭が揺れて、代わりに脳内は少しクリアになる。

見れば、さっきまで倒れていた天崎が片膝をついていた。眼鏡はどこかへ落としたのだろう、繊細な顔で歯を食いしばり、津々楽を怒鳴りつける。

「よせ、津々楽! そいつはおまえの元相棒だろ!」

「天崎さん、僕、こいつから、カミを引き剝がします」

言ってから、津々楽は自分で自分の声がひどく冷淡だと気づいた。

目の前にいるのが喜内なことはわかっている。

わかっているのに、そこに不随してくるべき感情がない。凪《な》いでいる。

ニィニィ……。

蟬が鳴いているのが聞こえる。

――静かだ。

「馬鹿野郎！　殴って引き剝がせるカミなら、俺たちは苦労してない！」

「じゃあ、天崎さん。こいつをどうする気だったんですか」

妙な会話をしている。天崎ばかりが必死で、自分は心をなくしたままだ。

天崎は燃える瞳で叫ぶ。

「おまえも気づいたんだろう？　ここのカミのエネルギーは『バラバラ』。ここの山神は供物をバラバラにして受け取る。だったら手っ取り早いのは、俺をバラバラにさせて食わせることだ！」

「はあ？」

なんだか妙な声が出てしまった。本気ですか、それ。

津々楽はまじまじと天崎を見つめ、彼は必死に続ける。

「俺はそんなことじゃ死なないし、俺を食ったらカミは落ち着く。それでまるく収まるところだったのに、どうしておまえ、こんな！」

「どうしてって」

津々楽は口の中でつぶやき、地面にわだかまったカミを見た。

バラバラの手足が積み重なっているさまは、一年前の事件を思い出させる。

あの理不尽。バラバラと崩れた姉を見たときの衝撃。

あのあと、せっせと声をかけてきた人々。

優しいひとの代表、喜内。

(僕は、あの、『大丈夫？』が、嫌いだった)

ぽこん、と本音が泡のように浮かんでくる。

喜内は大事なひとで、優しいひとで、でも、嫌い、だった。

(いつかぶん殴りたいと、思ってた)

津々楽がそう思った隙に、カミが動く。

バラバラになりかけていた手足をふわりと自分に引き寄せたかと思うと、津々楽に向かって一直線に駆けてくる。ざわり、と、闘争の本能が津々楽に戻ってくる。

「津々楽！」

天崎が叫び、足を引きずりながら飛び出そうとする。

津々楽はとっさに身をかがめ、足元に落ちている木片を拾った。

カミは近づいてくる。どすん、どすんと、重い足音。

肉薄する肉塊。頭を、大きな手で引っ摑まれる。

ガッ、と、津々楽の目の前で火花が散った。摑まれた頭を、そのまま膝にぶち当てられたのだ。顔の中心がひどく痛み、鼻の奥で血の匂いが弾ける。

衝撃でよろめき、後ろへ倒れた。

すかさず、カミがのしかかってくる。

首に熱い手がかかった。猛烈な力で、首を地面に縫い止められる。

何もない、つるっとした顔が自分のことをのぞき込んでくる。

——がらがら。

——がらがらがらがら。

頭の中に、カミの声らしきものが響く。

——がらがら。がらがらがらがら。

人の声のようでもあり、石が転がる音のようでもある。

がらがら。がらがらがら。頭の中で反響し、ぐるぐると渦を巻き始める音。

がらがら。がらがらがら。音と共に、岩肌から石が転げ落ちていく景色がうっすらと見える。目の前の景色に半透明の景色が重なっていく。

転がる、転がる。石は転がり、積み重なって、また新たな山になる。そうして山は生まれ変わり、あるいはただの石になっていく。

がらがら。それは、この世界の営み。崩れることすらも、自然の一部。

なのに、虫みたいに人間がその山にたかり始める。

石を拾って、積んで。コンクリートで固めて、積んで。固めて。固めて。固めて。

――がらがら。がらがらがら。

カミの声が、不意に意味をなす。

――死。しんでる。し。

しんでる。なにが？　山が？　石が？

カミの気持ちが、今このときだけわかる。山から崩れ落ちた石は山の死体だ。山から零れた死体を人間たちが拾い上げ、グロテスクに積み上げたのが今のこの山だ。

――がらがらがら。がらがらがら。

やめてほしい。バラバラにしておいてほしい。封じないで。縛らないで。

カミの声がどこか、物悲しくなっていく。

――だからって、天崎さんをバラバラにするなよ。

津々楽は頭の中で、目の前のカミに語りかける。

他の人間を持っていくのもダメだけど、天崎さんを持っていくのは絶対ダメだ。

なんでって？

だってさ、このひとはもう、とっくにバラバラなんだ。

カミに引きちぎられて、散々むさぼり食われてるんだよ。見た目はものすごく大丈夫そうだけど、僕はそんなの、全然ダメだと思っている。このひとは平気そうに見えるけど、放っておいたらいけないと思っている。

多分このひとは、考えないようにしているだけなんだ。

自分がいつ完全にカミの腹の中に収まってしまうのか。そうなったとき、この世に残る自分は一体『何』なのか。そのとき自分は生きているのか、死んでいるのか。

考えたらぐちゃぐちゃになる。まともに生活できなくなる。

だからさ、このひとは考えない。

大丈夫だからと笑って、僕のことを心配して、面倒を見る。そうやって生きるのが楽で、そうしているんだろう。

だけどさあ、こんなの、だめだろ。

カミは首をひねる。

――がらがら。がら。

なんだ。今度は何を見せるんだ。

目の前の景色が遠くなり、少しだけ景色が変わる。

どちらにせよ、山だ。枯れた木々がずらりと生える、貧しげな山だ。

山間に村がある。こちらもあまり豊かには見えない。

その村の端っこに、ぼろぼろの民家があった。長いこと使われていない期間があったのだろう。ガラス窓は何枚か割れて、丁寧に目張りがされている。

そんな民家の縁側に、粗末なもんぺ姿の女性と、青年がいた。

(天崎、さん?)

津々楽が心の中で呼びかけると、青年はゆるりと顔を上げた。

白い肌、切れ長の目、すんなりと高い鼻、薄くて薄情そうな唇。眼鏡こそ少し古風なものだったし、頬は不健康そうにこけていたが、それは天崎の顔だった。

ただ、真っ黒な瞳にあまりにも光がなかった。

津々楽のほうを見ているようで、何も見ていない目だった。

あらゆる感情が煮詰まったあと、鍋にこびりついて乾いてしまったかのよう。

やがて、もんぺ姿の女性が立ち上がる。天崎は目を伏せて、その女性を支えるようにして歩きだした。民家の裏、枯れ木の多い山の中へ。

(どこへ行くんですか、天崎さん)

——がらがらがらがら。

(カミのところ? どういうことだ)

聞き返してから、津々楽はふと思い出す。

天崎の生い立ち。戦中に神隠しに遭って以来、歳を取ることがないのだと聞いた。

それが目の前に繰り広げられる光景なのだとしたら、津々楽の想像とは大分違っている。

もっと、山で迷ってしまったであるとか、そんな経緯を想像していたのだ。

なのに目の前の天崎は、女性——おそらくは母親だろう——をかばうようにしながら、
うなだれ、ひたすらに山の奥を目指していく。

まるで、自ら生《い》け贄《にえ》になりに行くかのように。

——し。死にに。死んだ。しににきた。にえ。

カミの声が囁いている。

——天崎さんは、自分から、死にに来たって言いたいんだな?

——ガラガラガラガラ。そう。にえ。贄。

あれは贄だから。あれは自らが望んでやってきたものだから。

食べ物だから。食べるのは、当然なのだ。

そんな無邪気な感覚が、津々楽のほうへ染みてくる。

——そうか。そうだよな。

津々楽は目を細める。

そして、手にしていた木片を、目の前のカミに力いっぱい突き立てた。

――⁉

「っ、ぐあっ！」

カミの声なき悲鳴と、男の野太い悲鳴が重なる。

津々楽の喉を押さえつけていた手が、浮いた。

その瞬間、津々楽はのしかかってきていたカミの腹を蹴り上げる。

「うっ！」

さらにうめき声が上がり、ごろり、とカミの体が横に転がる。

その姿がじわりと光に包まれたかと思うと、光はまばゆいばかりに辺りを照らし始めた。

二度目の朝日がやってきたのかと思わせるような光は、やがてくるくると丸まって大きな球形となっていく。

気づけば地面に転がっているのは、喜内の体になっていた。

その上にぽっかりと浮かんだ球形の光は、

――からころ、からから。

と、優しげな石の転がる音を立てる。

やがて光はふうわりと広場を抜け、津々楽たちが渡ってきた崖の下のほうへと滑り降りていく。津々楽は飛び起き、崖の端まで走っていって、光の行く末を見届けた。

光は、神明神社の上を、居心地悪そうに飛んでいる。

「不満そうだけど……ひとまず、新しい神社にいてくれそうだな」

津々楽はそっと一息つき、広場までとって返した。

そこには、ぐったりと倒れたままの喜内と飯岡、座り込んで難しい顔をしている天崎の姿があった。津々楽はまずは飯岡が気絶しているだけなのを確かめ、次に喜内の傍らにしゃがみ込み、肩に刺した木片を抜く。

「いっ……てぇ……！」

「すみません、ほんと。しっかしさすが、喜内さんは丈夫だなあ」

「ちくしょ……津々楽、おまえ、何があった……？」

うっすら目を開いた喜内に、その肩に刺さっていた木片を見せて困り顔になる。

「すみません、あとで改めてたっぷり謝ります。これが喜内さんの肩に刺さってたんですよ。乱暴に抜いちゃって痛かったですよね。これだけ怪我した状態で崖の向こうに戻るのは至難の業ですし、ヘリコプター呼びましょう」

「刺さってた、って、いや、俺、うっすら覚えてるぞ？　めちゃくちゃ嫌な感じがして、気づいたら飯岡がいなくて……変なもんが天崎さんを襲って、気が遠くなって……次に気づいたら、おまえと取っ組みあいになってた。で……それ刺したの、おまえだよな」

喜内が引きつった顔で聞いてきたので、津々楽は諦めて思いきり頭を下げた。

「すみません！　覚えてましたか」

「おま……覚えてなかったら、ごまかす気だったのか⁉　昔からたまにそういうとこあったよな、図太いっていうか、ちゃっかりしてるっていうか！」

「本当に申し訳ない……僕、喜内さんに殺されるわけにも、喜内さんに誰かを殺させるわけにもいかなかったんです」

頭を下げたまま言うと、喜内は言葉を失ったようだった。

ぐっ、と、唇を噛む。

ゆるゆると、正気が戻ってくる。いつものペースが。

怒りに我を忘れたのは、カミの影響もあったのだろうか。

それとも単純に、天崎を守りたい気持ちが暴走したのか。

おそるおそる視線を上げて天崎のほうをうかがう。彼は、津々楽から数歩離れたところにたたずんでいた。足には雑に三角巾が巻かれただけだし、顔色も悪い。

それでも、無事だ。その事実が、じん、と心臓に染みてくる。

津々楽はゆるりと頭を上げると、手にしていた木片を持ち上げて見せる。

「天崎さん、これ、天崎さんの血がついた木片です。こいつで喜内を刺すことで、山神が天崎さんの血を食ったことにならないかと思ってやってみたんですが、多分、成功しました。和魂化した山神、今は下の神社にいると思いますから、確認をお願いしたいんですが」

「……そう、か。そうだな」

天崎はまだ、半分難しいような半分驚いたような、曖昧な顔で答える。

少し落ち着かない気分ではあったが、今はやるべきことが山ほどある。

津々楽は天崎に会釈して、スマホで県警にヘリコプターを要請する。てきぱきとやるべき連絡をすべて終えて顔を上げると、ばちんと喜内と視線が合った。

一瞬ためらったのち、津々楽は喜内に言う。

「お互い生きてて、よかったですね」

さらりと出てきた言葉は、警察時代を思い出させる。

喜内も軽く目を見開き、そののち、ふ、と顔から力を抜く。

そうして過去を懐かしむ笑みを浮かべて、津々楽の肩を軽く押した。

「おまえ、もう、大丈夫なんだな」

◇

「……ずいぶんと、大きな工事になりましたね」

「そうだなあ」

珍しく多弁にならずに口をつぐんだのは、天崎だ。

ズボンのポケットに両手を突っ込んだまま、静かに目の前の山を見上げる。

激しい振動と土埃。重機の鳴らす後退の警告音。さらに、指示を出す人々の肉声。賑やかな大規模工事現場に、津々楽と天崎はたたずんでいる。

この山で山神と津々楽が大立ち回りをしてから、数ヶ月の時が経った。

あのあとも警察とはギスギスしたが、互いに妥協と我慢を重ねた結果、今回の事件の『真相』があらわになった。

すなわち、首なし死体で見つかった配信者、高田を殺害しようとしたのは、同居人男性ではなく、飯岡という配信者の元恋人で、元カメラマンの女性であった。

同居男性は一度この山のトンネルの下見に来た時に精神の具合を悪くし、カメラマンの仕事は休みがちだった。ゆえに高田が飯岡に連絡を取り、事件当日も同居男性と飯田、両人が高田と車に同乗していた。

現地に着いて、やはり男性の具合が悪かったため、カメラを回したのは飯岡だった――とは、意識を取り戻した飯岡当人の談である。

『呼び戻されたのは嬉しかったけど、目の前であの子が男に優しくするの見てたら、腹が立って。今さら私に声かけてくるあの子にも腹が立って。別れろ、別れろ、別れろ、って、いつの間にか心の中がそれでいっぱいになって――気づいたら……』

飯岡曰く、短い間意識が途切れ、気づいたら目の前に愛しい女の首なし死体が転がっていたのだという。そこで再び、飯岡の記憶はぶつんと途絶えた。

次に目覚めたときは、例の古い社跡で、津々楽たちに囲まれていたのだそうだ。

警察側は高田の首の傷から犯人は同居男性、動機は痴情《ちじょう》のもつれだと見て動いていた。飯岡はあくまで女友達であり、元恋人だという事実に行き着くのにも遅れがあった。

ならば、犯人は飯岡なのか。

答えはそうはならない。

津々楽の霊感も使った捜査により、高田の首は山神の社の崖下辺りから発見された。そしてその原因は、調査の結果『落石』と判明。

山から剝がれた、鉈のように鋭い石が破損したトンネルの隙間から落ちてきて、偶然配信者の首が飛んだ――という、異様なものであった。

「山神は、自分のものになるはずだった新しい神社に別の神が分霊されて妬心を覚え、恋人の心移りに妬心を燃やす飯岡に同調して乗り移った。さらにカミが直接手を下してひとを殺したとなれば、うちも本気を出すしかないよな」

天崎は言い、ポケットから出した手で自分の口元をいじった。

（煙草、吸いたいんだろうな。この状況だと、わからなくもないかも）

今回の事件はあまりにも血なまぐさい。すべてが終わった今でもなんとなく心が落ち着かず、手持ち無沙汰になる気持ちはわかる。

津々楽は目の前で行われている、派手な落石対策工事を見つめながら言う。

「よく信じてもらえましたよね、山神が犯人説」

「おまえの元相棒がカミを信じてくれたのもデカいんじゃないのか？　あいつが最初に追っていた事件も、山神がらみの可能性を加味して再捜査だそうだ。ま、あとは警察に任せるしかない。俺たちの戦いはこっちだ」

　こっち、というのは、目の前の大規模工事のことだろう。

　津々楽はうなずき、ひとつひとつ指折り数える。

「元々あった山神の祠は、筑波の研究所送りで封印。新しい神社も鎮守の社として不完全ということで、筑波にカミごと完全移植。山はもう二度と石が落ちないよう、ばらばらにならないよう、落石対策工事。完璧に正しい対策、の、はずです」

「なんだ？　言いたいことがありそうじゃないか」

「まあ、山の性質を人間の力でねじ伏せるみたいな解決ではありますから」

「……わかってるよ」

　天崎は言い、小さくため息をつく。

　ふたりはしばし黙り込み、工事現場を見つめた。

　容赦なく山の形を変え、今までよりもさらに強固に固めていく人間の力。

（人間は、傲慢《ごうまん》だ）

　人間が人間らしく生きていくには、己の傲慢を許すことが必要なのかもしれない。

その結論は、少しだけ喉が渇く。

津々楽は少し考えたのち、口を開いた。

「実は僕、ここの山神と取っ組みあったとき、少しだけ話をしたんですよ」

「はあ⁉　カミと話した？　初耳だぞ」

思いきり顔をゆがめる天崎に、津々楽は申し訳なさそうに体を縮める。

「すみません。あのときは天崎さんも怪我してたし、喜内さんもいたし、僕もちょっと調子がおかしかったから。いつか話せるようになったら話そうと思ってたんですけど」

「いやいや、それにしたって、カミと話せる奴なんて初めて聞いたな……」

「ほんとですか？　まあ、僕の気のせいの可能性もでかいですが」

蘇った記憶をひとつずつ見つめながら、津々楽は言う。

「あのカミは、自分が崩壊することを嫌がってませんでした。こうやって人間に手を出されるほうがつらいって。だから、仕返しとして人間をバラバラにしてやる、ってなったみたいでした」

「……それが本当なら、人間とカミの取っ組みあいは永遠だな。あー、煙草吸いたい」

天崎のうめきに、津々楽は即答する。

「ダメです、体に悪い」

「なんでだよ。母親か、きみは？」

じろりと見てくる天崎の目は、なんだか以前よりも少し等身大になった気がする。もっとも百歳超えの等身大なんて、津々楽はよくわからないのだが。

津々楽は困ったように眉を下げる。

「僕は、天崎さんのお母さんにはなれません。きれいなひとでした」

「……なんだ？」

天崎の声と顔がわずかに険しくなった。ちくり、と心が痛み、こんなことを言わなければよかった、と思う。でも、言わないのも心は痛む。

津々楽は小さく深呼吸をした。

「それも、カミが見せてきました。あなたが、山に入っていったところを。多分、あれは、最初の神隠しの光景だったんだと思います」

「は……」

笑うように鼻を鳴らし、天崎は顔をしかめる。

ふてくされたような視線が山神の住む山を睨みつけ、小さな舌打ちが響いた。

「あいつらの間では、俺は有名人だからな。最初にかじられたときのことが共有されてるんだろう。……どこからどこまで見せられた？」

「すみません、勝手に見てしまって。きれいなお母さんをかばいながら、山に入っていく天崎さんが、見えました。なんだか貧しい、殺風景な山でした」

「それだけか」

「それだけです」

天崎は黙りこくって頭を引っかいていたが、やがてじろりと津々楽を見上げる。

「半端に知られてるのもむずがゆいから、俺の口から説明する。ただし、これは戦中の話だ。今とは事情が違う。この話には大した悪人もいないし、弱い奴もいなかった。……そう思って聞いてくれ」

「はい。肝に銘じて聞きます」

「ん。当時、俺は母親と一緒に、山暮らしの親戚のところに疎開に行ってたんだ。徴兵の来る歳だったけど、病気がちだったもんだから免《まぬが》れてな。母親もそうだ。やっぱり体が弱くて――疎開先でも、ろくに働けなかった」

ぽつぽつと語られる天崎の話を、津々楽は黙って聞く。

頭の中には、カミが見せた景色が広がっていた。

色白で、痩せこけて、病弱そうな母。その母によく似た天崎。どちらも吹けば飛びそうな様子だったのに、それでも天崎が母を守るように体に手を回していた。

「田舎だからって、いくらでも食うものがあるわけじゃない。俺たちはお荷物だった。天候条件も悪かった。山火事もあり、疎開先でも食料が足りなくなった。それで……俺は、疎開先の様子が変わったのに気づいた。気のせいだったかもしれない、そうだったならいいと、今でも思う。でも、まあ、残念ながら、俺にはわかった、気がした」

そこまでなめらかだった話が、何度か天崎の喉でつっかえる。トゲが刺さったかのように言いづらそうにしたのち、天崎は、ついに吐き出した。

「――俺たち、食われるな、って」

つきん、と、津々楽の心臓が痛む。

これはなんの痛みだろう。悲しみ。苦しみ。それとも、怒り。

それらすべてであるようで、それらの言葉で表現しきれないものでもあった。

天崎を最初に食おうとしたのは、カミなんかではなかった。

――自分たちと同じ、人間だった。

「山姥《やまうば》伝説、ですか」

ろくな返事を思いつけず、津々楽は言う。

「あは、まさに、そんな感じだな」

天崎は小さく笑った。どこか、自嘲《じちょうてき》的な笑みだった。

津々楽は、その笑みがもどかしい。

(どんな気持ちだったんだろう、天崎さん。頼った親戚に、殺されそうだって気づいて。しかも、食われそうだって気づいて)

苦しく、悔しかったのは当然だろう。

でも、それ以上に混乱したかもしれない。

自分も飢えていて、周囲も飢えていて。同じ人間に食われるというのは、一体どういうことなのか。まだ多感な十代だった天崎は、ショックを受け、混乱したはずだ。

(僕、どうしてそのころそばにいなかったんだろう)

津々楽は考えても仕方のない悔恨《かいこん》を転がしながら、天崎を見つめる。

天崎はしばらく黙っていたが、やがて、ぼそぼそっと続けた。

「……考えたんだよな。どっちがいいかなって。この、いつもいびってくる親戚連中に食われるのと、山の獣に食われるの。どっちがいいかなって」

(……どうして)

同じことをもう一度考えながら、津々楽はつぶやく。

「それで、山を選んだ」

「うん」

天崎はなんとなく幼い調子でうなずいてから、不意に津々楽を見つめてきた。

「おまえなら、どっちを選んだ?」

「えっ。そ、それは、その場にならないと、わからないですけど」

「あはは、そりゃそうだ。ごめんなあ、変なこと聞いて」

津々楽の戸惑いに、天崎は反射的に明るい笑みを浮かべる。

津々楽はそれを少し悲しく見つめて、言った。

「ただ、僕だったら、納得はしないです」

「納得ー？　なんだ、それは？」

さっきと同じ調子で天崎が笑っている。でも、その目が少し暗いのが、今の津々楽は見えた。だからせいぜい自分も笑ってみせる。

「僕は、自分が食われるとなっても納得はしません。あなたが食われる運命にも、納得しないことにします。多分、一生」

天崎はなおも笑っていたが、やがて諦めて困り顔になった。

「……なあ。それって、これからの仕事についての話？」

「どうでしょうね」

ぷい、と津々楽が天崎から視線を逸らすと、不意に目の前に一台の軽ワゴン車が駐まった。中から顔を出したのは、見覚えのある中年女性だ。

「どうも～、そこのひとたち！　国交省の、あれだよね！　鎮守！」

「あ、えーっと……神社の！」

「そうそう、磐司です」

磐司は爽やかな笑みを向けてくる。

例の神社で、山神への供物の説明をしてくれたひとであった。

助手席には夫らしき姿もあり、津々楽は反射的に社交的な笑みを浮かべ返す。

「お久しぶりです。どうしたんです？　今日はお出かけですか？」

「ううん、引っ越し」

「えっ、そうなんですか。山から出ていかれる？」

意外な返事に、津々楽は軽く目を瞠る。磐司はにこにことうなずいた。

「そうなの～！　なんかねえ、神社なくなったじゃないですか。それですっきりしちゃって、この大規模工事が入るちょっと前に決心したんですよ。そうしたら夫も同じ気持ちで。ちょうど別の支店に転勤も決まって、家も見つかって、もうトントン拍子！」

「そりゃよかった。神社だって山だって、永遠にここにあるわけじゃない」

天崎がにっこり笑って言うと、磐司も嬉しそうに返す。

「そうそう、そうなんです！　だから私たちも、どこへ行ってもよかったんですよ」

天崎と笑いあう磐司を見ていると、津々楽の気持ちも軽くなった。

(山だって、永遠にそこにあるわけじゃない、か。そうだよな)

「引っ越し先での生活、素敵だといいですね」

自然と励ましの言葉が零れる。磐司はうなずき、軽く手を振った。

「ありがと。あなたたちも、仕事頑張ってくださいね。神社をよろしくね」

「はい。任せてください」

津々楽が小さく手を振り返すと、軽ワゴンは発車する。

津々楽と天崎は、しばしそれを見送って立ち尽くした。

空白を埋めるように、工事の音が延々と鳴り響く。

「……この工事で、完全に自然エネルギーは封じ込められますかね。それとも、新しい山神がいずれ生まれる？」

磐司の車が完全に見えなくなってから、津々楽が半ば独り言のように言う。

天崎は首をひねり、目を細めて工事現場のほうへ視線を戻した。

「おまえが生きてるうちにはわからないかもな。俺だけは結果を見るかもしれないが」

（また、そうやって線を引くんだな）

ほんの少しだけ胸の奥がちりりとするが、津々楽はこんな天崎にも慣れてきた。

確かに天崎は今後百年生きるかもしれない。しかし、一年後には自分の体を使い果たして死ぬかもしれない。未来がわからないのはお互いさまだ。

明日死ぬかもしれない、という点において、ふたりは平等。

「つまり、考えても無駄ですか。……よし、考えるのやめた。そろそろ帰りましょ」

津々楽はあっさりと言い、駐めていた車に歩み寄る。

運転席に乗り込むと、すぐに天崎が助手席に乗ってきた。

「そういや、津々楽は聞いてるか？　やっと係長が帰ってきたらしいぞ」

「ええ⁉　実在したんですか、鎮守指導係の係長って」

「実はいたんだよ！　帰ったら紹介してやる、楽しみにしてろ」

「紹介自体は楽しみですけど……」

多少のわくわくを感じつつも、津々楽はなんとなく残念なような気持ちになる。

なんでだろう、と考え込んでから、津々楽は車のエンジンをかけた。

「んー。そのあと飲み会とかなるのは、ちょっと嫌かもです」

「なんで。疲れたのか？」

「はい」

きっぱり答え、子供っぽく続ける。

「それにこの案件の打ち上げは、天崎さんとふたりだけでしたいなあと思って」

「……なんだよ、ガキか？　ずいぶん素直になったもんだなあ。迷子みたいな顔で肩肘張ってた配属直後と全然違うじゃないか」

あは、と笑ってからかってくる天崎の声音は、隠しようもなく優しい。

津々楽はそんな天崎の横顔を眺めて、くすりと笑った。

「ちなみに、天崎さんもそうですよ。僕が初めて会ったときとは、全然違う」

「へえ、そうか？」

「はい」

ふたりは顔を見合わせ、しばし黙りこくった。

見つめあっても特に緊張はしない。交わす視線は親しげで、楽しげで、不思議と落ち着いている。多分これくらいが、理想的な相棒同士の視線なのかもしれない。

「……よし。今日は、家でちょっと飲むか」

天崎がいち早く折れてくれたので、津々楽はうきうきと発車する。

「いいですね。僕、天崎さんのなめろう食べたいなあ」

「はいはい。あの、バラバラのやつね」

「あ、言われてみればそうですね。僕、上手いものリクエストしちゃった」

「大して上手くもないよ。帰って老体こき使いたけりゃ、とっとと運転しろ」

くだらない話をしている間にも、工事現場の景色はどんどん後ろへ流れていった。崩れゆく山が遠くなっていくのを感じながら、津々楽は少々ふざけて言う。

「了解です。鎮守指導係、現場より撤収します」

天崎が呆れたように笑うのが耳に心地よい。津々楽のポケットの中のスマホは静かに沈黙していて、もう、未読メッセージの山はどこにもなかった。

参考文献

「民俗宗教を学ぶ人のために」山折哲夫　川村邦光編　世界思想社
「やまと教　日本人の民族宗教」ひろ さちや著　新潮社
「遠野物語・山の人生」柳田国男著　岩波書店
「禁足地巡礼」吉田悠軌著　扶桑社
「釜トンネル　上高地の昭和・平成史」菊地俊朗著　信濃毎日新聞社

あやかし帝都の政略結婚
～虐げられた没落令嬢は過保護な旦那様に溺愛されています～
香月文香
羽栖子爵令嬢・瑠璃は
不憫な娘だ
過酷な運命の没落令嬢を一途に守る旦那様の
帝都溺愛婚姻鬼譚
illust:沙月
KiK
BUNKO

KiKi BUNKO

国《こく》土《ど》交《こう》通《つう》省《しょう》鎮《ちん》守《じゅ》指《し》導《どう》係《がかり》
天《あま》崎《さき》志《し》津《づ》也《や》の調《ちょう》査《さ》報《ほう》告《こく》

栗《くり》原《はら》ちひろ

2024年12月17日　初版発行

発行者　笠倉伸夫

発行所　株式会社　笠倉出版社
〒110-8625　東京都台東区東上野2-8-7　笠倉ビル
[営業] TEL 0120-984-164
[編集] TEL 03-4355-1103
http://www.kasakura.co.jp/

印刷所　株式会社　光邦

装丁者　須貝美華

定価はカバーに印刷されています。

乱丁・落丁の場合は当社にてお取替えいたします。

本書は書き下ろしです。
この物語はフィクションであり、実在の人物・事件・団体とは一切関係ありません。

ISBN 978-4-7730-6700-2
Printed in Japan